BOUTONS & FLEURS

NOUVEAU RECUEIL

DE FABLES ET DE POÉSIES

EXTRAITES DES MEILLEURS AUTEURS ANCIENS ET MODERNES

A l'usage des Maisons d'Education et des Ecoles primaires des deux sexes

PAR

E. ROBERT

COURS ÉLÉMENTAIRE ET COURS MOYEN

LYON
E. GAY, Libraire-Éditeur
rue Saint-Polycarpe, 12.

PARIS
A. PICARD, Libraire-Éditeur
rue Bonaparte, 82.

1879

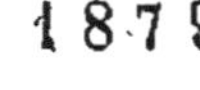

BOUTONS & FLEURS

NOUVEAU RECUEIL

DE FABLES ET DE POÉSIES

EXTRAITES DES MEILLEURS AUTEURS ANCIENS ET MODERNES

A l'usage des Maisons d'Education et des Ecoles primaires des deux sexes

PAR

E. ROBERT

COURS ÉLÉMENTAIRE ET COURS MOYEN

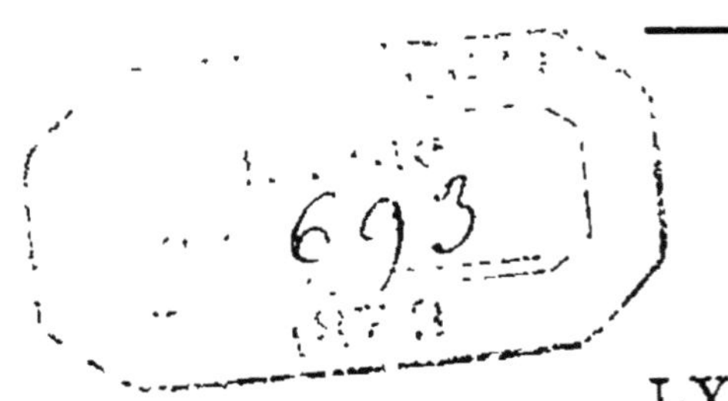

LYON
IMPRIMERIE X. JEVAIN
RUE SALA, 42 ET 44.

1879

Parmi les exercices de mémoire, il n'en est guère de plus utile, et il n'en est pas de plus hautement recommandé que la lecture et la récitation des poésies qui sont, pour ainsi dire, notre trésor littéraire national. Ces exercices ont pris rang dans les programmes universitaires et dans ceux des institutions libres, dans les établissements secondaires, comme dans les écoles primaires. Est-il d'ailleurs un exercice de mémoire plus attrayant pour l'élève et aussi propre à orner son esprit, à cultiver son cœur, à élever son âme ?

Les fables surtout sont, par excellence, un instrument d'éducation ; malheureusement on ne les fait le plus souvent servir qu'à la culture de la mémoire : l'enfant lit ou récite comme un perroquet parle, c'est-à-dire sans qu'il ait l'intelligence de ses paroles. Les fables, souvent récitées dans l'école, le pensionnat et la famille n'auront-elles pas plus d'utilité, d'intérêt et de charme, si l'élève en saisit le sens, et si ses gestes et son accent sont l'expression d'une âme intelligente et pénétrée ? Ce procédé, croyons-nous, est le seul vrai, le seul fécond. Le nouveau recueil, que nous nous décidons enfin à publier sur les instances d'un grand nombre de directeurs et directrices de pensionnat, d'instituteurs et d'institutrices primaires, renferme un grand nombre de fables dont la plupart ont leur *questionnaire explicatif* dans des numéros déjà parus de l'*Ecole et la Famille* (1). Cette innovation, accueillie si favorablement par les nombreux abonnés du journal, produira de meilleurs résultats encore, dès que les élèves pourront mettre sous leurs yeux et entre leurs mains les fables mêmes dont le professeur trouvera le texte et le questionnaire explicatif dans l'*Ecole et la Famille*.

Ces fables et ces poésies, dont un grand nombre n'ont jamais paru dans les recueils, ne renferment aucune idée, aucun mot qui puisse troubler l'âme la plus délicate. Elles offrent *toutes* un attrait particulier, un vif intérêt et seront débitées, avec le plus grand succès, au milieu d'une fête de famille, d'une distribution de prix, etc.

La poésie, qui est le charme du jeune âge, n'est-elle pas aussi une des consolations de l'âge mûr ? « Dans ces moments, l'homme se nourrit du butin de l'enfant ; il est donc important que la ruche soit bien remplie et que le miel soit composé du suc de fleurs choisies. »

---

(1) En tête de chacune des fables *expliquées* et insérées dans le présent recueil, nous mentionnons l'année et même la page de l'*Ecole et la Famille* où ces fables se trouvent reproduites et expliquées.

PREMIÈRE PARTIE

POÉSIES

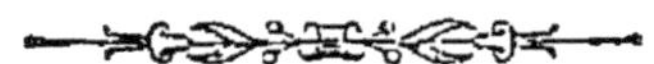

1. — La Charité.

Ne dites jamais : A demain,
Pour adoucir une blessure ;
Donnez aux pauvres du chemin,
Donnez sans compter : Dieu mesure.

H. CHEVREAU.

2. — Le Sage et l'Esprit fort.

« Je ne crains rien, pas même le trépas,
Disait un esprit fort, tout fier de son courage.
— Moi, je crains Dieu d'abord, lui répondit un sage,
Puis l'homme qui ne le craint pas. »

LAYET.

3. — Le Parvenu et le Moine.

Ecoutez-moi sans discourir.
Un parvenu disait : « Enfin j'ai de quoi vivre. »
Un moine lui répond : « As-tu de quoi mourir ? »
Ce petit mot vaut tout un livre.

LAYET.

4. — Dieu fait tout.

Comment est-ce que Dieu les a peintes, les fleurs?
Où donc a-t-il pris des couleurs?
— Voyant les terres toutes nues,
Dieu s'est mis à sourire et les fleurs sont venues.
— C'est fort! mais il a donc tout fait ce grand bon Dieu.
— Tout, mon enfant : la terre et l'eau, l'air et le feu,
Et toutes les choses connues.
— Et toi, mère, est-ce qu'il t'a faite aussi?
— Qui? moi?
Sans doute : te voilà stupéfait, immobile!
— Ah! cela devait être un peu bien difficile,
De faire une maman aussi bonne que toi!

L. Ratisbonne.

5. — A Dieu notre Père.

Notre Père des cieux, Père de tout le monde,
De vos petits enfants c'est vous qui prenez soin;
Mais à tant de bonté vous voulez qu'on réponde,
Et qu'on demande aussi, dans une foi profonde,
Les choses dont on a besoin.

Vous m'avez tout donné, la vie et la lumière,
Le blé qui fait le pain, les fleurs qu'on aime à voir,
Et mon père et ma mère, et ma famille entière;
Moi, je n'ai rien pour vous, mon Dieu, que la prière
Que je vous dis matin et soir.

Notre Père des cieux, bénissez ma jeunesse;
Pour mes parents, pour moi, je vous prie à genoux;
Afin qu'ils soient heureux, donnez-moi la sagesse;
Et puissent leurs enfants les contenter sans cesse,
Pour être aimés d'eux et de vous!

Mme Tastu.

6. — **Quatrains.**

I

Soyez doux, complaisants, d'un caractère affable:
On est toujours aimé quand on est sans humeur;
L'esprit ne suffit pas, enfants, pour être aimable;
Il faut y joindre encor l'indulgente douceur.

II

A se mettre en colère on n'a pas d'avantage :
Sitôt que l'on s'emporte, on prouve qu'on a tort.
On peut, en disputant, se montrer le plus fort,
Mais on doit, en cédant, se montrer le plus sage.

III

Il ne faut point, enfants, toujours parler de soi,
De ce que l'on a fait, de ce que l'on doit faire.
Ou d'un sot ou d'un fat c'est l'ordinaire emploi.
Ne sait-on rien de mieux? qu'on sache au moins se taire.

IV

Offensez-vous quelqu'un, votre orgueil se refuse
A demander pardon de votre emportement.
Eh! pourquoi donc rougir de ce beau mouvement?
La honte est dans l'offense, et non pas dans l'excuse.

V

Enfants, quelque irrité que nous paraisse un père,
Croyez qu'il est toujours votre ami le plus doux.
Son cœur, en vous montrant un courroux nécessaire,
Le fait pour votre bien, et souffre plus que vous.

VI

Que vous devez aimer cette maman si chère,
Qui souffrit tant pour vous, qui vous rend tant de soins,
Et qui prévoit si bien vos peines, vos besoins!
Est-il assez d'amour pour payer une mère?

VII

Des gens pensent au mieux, parlent de tout fort bien ;
Mais de cet étalage il ne résulte rien.
Ils savent ce qu'il faut, et font tout le contraire.
Bien dire et bien penser ne sont rien sans bien faire.

VIII

Contre la conscience il n'est point de refuge :
Elle parle en nos cœurs : rien n'étouffe sa voix ;
Et de nos actions elle est tout à la fois
La loi, l'accusateur, le témoin et le juge.

IX

Tout annonce d'un Dieu l'éternelle existence ;
On ne peut le comprendre, on ne peut l'ignorer :
La voix de l'univers annonce sa puissance,
Et la voix de nos cœurs dit qu'il faut l'adorer.

X

De la tendre amitié pour goûter les délices,
Il faut par la vertu que les cœurs soient unis.
L'homme vertueux seul peut avoir des amis ;
Les amis du méchant ne sont que ses complices.

XI

Tous les biens d'ici-bas, la santé, la richesse,
Dépendent-ils de nous ? on les doit au hasard.
Un instant les détruit ; on les perd tôt ou tard :
Le seul bien qui nous reste, enfants, c'est la sagesse.

XII

De l'émulation distinguez bien l'envie :
L'une mène à la gloire, et l'autre au déshonneur.
L'une est l'aliment du génie,
Et l'autre est le poison du cœur.

XIII

Qui s'élève trop s'avilit;
De la vanité naît la honte.
C'est par orgueil qu'on est petit;
On est grand quand on le surmonte.

7. — L'Oreiller d'une petite Fille.

Cher petit oreiller, doux et chaud sous ma tête,
Plein de plume choisie, et blanc, et fait pour moi!
Quand on a peur du vent, des loups, de la tempête,
Cher petit oreiller, que je dors bien sur toi!

Beaucoup, beaucoup d'enfants, pauvres et nus, sans mère
Sans maison, n'ont jamais d'oreiller pour dormir;
Ils ont toujours sommeil: ô destinée amère!
Maman, douce maman, cela me fait gémir.

Et quand j'ai prié Dieu pour tous ces petits anges
Qui n'ont pas d'oreiller, moi j'embrasse le mien:
Seule dans mon doux nid qu'à tes pieds tu m'arranges,
Je te bénis, ma mère, et je touche le tien.

Je ne m'éveillerai qu'à la lueur première
De l'aube au rideau bleu: c'est si gai de la voir!
Je vais dire tout bas ma plus tendre prière;
Donne encore un baiser, douce maman, bonsoir.

Dieu des enfants, le cœur d'une petite fille,
Plein de prière, (écoute!) est ici sous mes mains.
On parle bien souvent d'orphelin sans famille:
Dans l'avenir, mon Dieu, ne fais plus d'orphelins!

Laisse descendre au soir un ange qui pardonne,
Pour répondre à des voix que l'on entend gémir;
Mets, sous l'enfant perdu que la mère abandonne,
Un petit oreiller qui le fasse dormir.

Mme DESBORDES VALMORDE.

8. — L'Ange et l'Enfant.

Un ange au radieux visage,
Penché sur le bord d'un berceau,
Semblait contempler son image
Comme dans l'onde d'un ruisseau.

« Charmant enfant qui me ressemble,
« Disait-il, oh! viens avec moi,
« Viens, nous serons heureux ensemble :
« La terre est indigne de toi.

« Là, jamais entière allégresse,
« L'âme y souffre de ses plaisirs;
« Les cris de joie ont leur tristesse,
« Et les voluptés leurs soupirs.

« La crainte est de toutes les fêtes;
« Jamais un jour calme et serein
« Du choc ténébreux des tempêtes
« N'a garanti le lendemain.

« Et quoi! les chagrins, les alarmes,
« Viendraient troubler ce front si pur!
« Et par l'amertume des larmes
« Se terniraient ces yeux d'azur!

« Non, non, dans les champs de l'espace
« Avec moi tu vas t'envoler;
« La Providence te fait grâce
« Des jours que tu devais couler.

« Que personne dans ta demeure
« N'obscurcisse ses vêtements;
« Qu'on accueille ta dernière heure
« Ainsi que tes premiers moments.

« Que les fronts y soient sans nuage,
« Que rien n'y révèle un tombeau;
« Quand on est pur comme à ton âge,
« Le dernier jour est le plus beau. »

Et secouant ses blanches ailes,
L'ange, à ces mots, a pris l'essor
Vers les demeures éternelles.....
Pauvre mère!... Ton fils est mort!

J. Reboul.

9. — Hymne de l'Enfant à son réveil.

O Père qu'adore mon père!
Toi qu'on ne nomme qu'à genoux;
Toi dont le nom terrible et doux
Fait courber le front de ma mère!

On dit que ce brillant soleil
N'est qu'un jouet de ta puissance:
Que sous tes pieds il se balance
Comme une lampe de vermeil.

On dit que c'est toi qui fais naître
Les petits oiseaux dans les champs,
Qui donnes aux petits enfants
Une âme aussi pour te connaître.

On dit que c'est toi qui produis
Les fleurs dont le jardin se pare,
Et que sans toi, toujours avare,
Le verger n'aurait point de fruits.

Aux dons que ta bonté mesure,
Tout l'univers est convié,
Nul insecte n'est oublié,
A ce festin de la nature.

L'agneau broute le serpolet,
La chèvre s'attache au cytise,
La mouche au bord du vase puise
Les blanches gouttes de mon lait.

L'alouette a la graine amère
Que laisse envoler le glaneur,
Le passereau suit le vanneur,
Et l'enfant s'attache à sa mère.

Et, pour obtenir chaque don
Que chaque jour tu fais éclore,
A midi, le soir, à l'aurore,
Que faut-il? Prononcer ton nom

O Dieu! ma bouche balbutie
Ce nom des Anges redouté:
Un enfant même est écouté
Dans le chœur qui te glorifie.

Ton nom est écrit dans les cieux!
Je suis trop petit pour y lire;
Ma mère en mes yeux le voit luire,
Et moi je le lis dans ses yeux.

Quand je suis bon, quand elle est tendre,
Nous sentons ta présence en nous;
Je joins mes mains sur ses genoux:
T'aimer, n'est-ce pas te comprendre?

Ah! puisque tu veilles si loin
Pour exaucer notre tendresse,
Je veux te demander sans cesse
Ce dont les autres ont besoin.

Mon Dieu, donne l'onde aux fontaines,
Donne la plume aux passereaux,
Et la laine aux petits agneaux,
Et l'ombre et la rosée aux plaines.

Donne aux malades la santé,
Au mendiant le pain qu'il pleure,
A l'orphelin une demeure,
Au prisonnier la liberté.

Donne une famille nombreuse
Au père qui craint le Seigneur;
Donne à moi sagesse et bonheur,
Pour que ma mère soit heureuse.

Que je sois bon, quoique petit,
Comme cet enfant dans le temple,
Que chaque matin je contemple,
Souriant au pied de mon lit!

Mets ton saint nom dans ma mémoire,
Mets le pauvre sur mon chemin,
Mets l'abondance dans ma main,
Pour que je la verse à ta gloire;

Et que ma voix s'élève à toi
Comme cette douce fumée,
Que balance l'urne embaumée
Dans la main d'enfants comme moi!

LAMARTINE.

10. — Le Hanneton.

Hanneton, qui sur tes ailes
Nous amènes le printemps,
C'est toi qui sais des nouvelles
Du muguet et du beau temps.
Dis-nous si les prés
De fleurs sont parés;
Dis-nous si les bois
Ont repris leur voix;
Dis si les oiseaux
Ont des chants nouveaux:
Si le rossignol
Dit : fa, ré, mi, sol!
Viens, apporte dans la ville
Tes joyeux bourdonnements;
Pauvre étourdi, sois tranquille,
Va, ne crains rien des enfants.
Car j'ai respecté
Ton jour de gaîté;
J'ai tant de plaisir
A pouvoir courir!

Vole en tournoyant
Vole en bourdonnant
Vole en rayonnant
Au soleil couchant,
Hanneton, qui sur tes ailes
Nous apportes le printemps.

Mlle A. Montgolfier.

11. — Noël.

Le ciel est noir; la terre est blanche
Cloches, carillonnez gaiment.
Jésus est né: la Vierge penche
Sur lui son visage charmant.
Pas de courtines festonnées
Pour préserver l'enfant du froid;
Rien que les toiles d'araignées
Qui pendent des poutres du toit.
Il tremble sur la paille fraîche,
Ce cher petit enfant Jésus;
Pour le réchauffer dans sa crèche,
L'âne et le bœuf soufflent dessus.
La neige au chaume coud ses franges,
Mais sur le toit s'ouvre le Ciel
Et tout en blanc, le chœur des anges
Chante aux bergers : « Noël! Noël! »

Th. Gauthier.

12. — Le Petit Cœur.

Mon petit cœur, qui toujours trotte,
Qui fait toujours tique, taque, pan, pan,
Me dit hier, tout frétillant,
Comme je passais ma culotte :
C'est demain le premier de l'an.
Allons, petit, un compliment
Pour le papa, pour la maman...
Bien vite, bien vite, bien vite;
S'il n'était pas fait tout de suite

Les rats mangeraient les bonbons;
Car ils les aiment, ces lurons,
Tout comme les petits garçons.
Est-ce pour ces vilaines bêtes
Que les pralines furent faites?
C'est bien pour moi; pas vrai, maman?
Eh bien! s'il vous plaît, donnez-m'en;
Quand j'en aurai goûté quelqu'une
Mon compliment sera plus doux.
Comme je vais penser à vous!
En les croquant, je dirai sur chacune
(Et voilà bien mon compliment) :
Bonne! bonne! mais pas si bonne,
Et je ne l'aime pas autant
Que la bonne main qui la donne.

LALANNE.

13. — A un Enfant.

Oh! bien loin de la voie
Où marche le pécheur,
Chemine où Dieu t'envoie :
Enfant, garde ta joie;
Lis, garde ta blancheur!
Sois humble! que t'importe
Le riche, le puissant!
Un souffle les emporte.
La force la plus forte,
C'est un cœur innocent!
Bien souvent Dieu repousse
Du pied les hautes tours;
Mais dans le nid de mousse
Où chante une voix douce,
Il regarde toujours!

VICTOR HUGO.

14. — Le Maître et l'Écolier.

— Qu'il fait sombre dans cette classe!
Rien qu'un mur gris, un tableau noir
Et puis toujours la même place,
Et toujours le même devoir!
Toujours, toujours ce même livre,
Et toujours ce même cahier!
Peut-on appeler cela vivre?
Moi je l'appelle s'ennuyer! —
Ainsi parlait, dans son école,
Un petit écolier mutin.
Le maître alors prit la parole
Et lui dit: Quoi! chaque matin,
Toujours de cette même chaire
Répéter les mêmes leçons,
Enseigner la même grammaire
A ce même petit garçon
Qui reste toujours, quoi qu'on fasse,
Ignorant, distrait, paresseux!
Lequel devrait, dans cette classe,
S'ennuyer le plus de nous deux?
Tu le vois, l'élève et le maître
Ont chacun son joug à charger,
Mon enfant; mais veux-tu connaître
Le vrai moyen de l'alléger?
Accepte-le du Seigneur même,
En le portant pour le servir;
Aime ton maître comme il t'aime:
C'est tout le secret d'obéir! L. TOURNIER.

15. — L'Habit militaire.

Mon bel habit militaire
Que m'a donné ma grand'mère,
Je vais le mettre demain.
A demain je voudrais être:
On ouvrira la fenêtre
Pour voir passer le gamin!

Cet habit-là me rend brave:
C'est un habit de zouave.
Rien ne m'arrête d'abord,
Quand sur mon dos le gland flotte,
Quand j'ai la rouge culotte
Avec une ganse d'or.

Je suis fier: on me regarde!
Les chiens se tiennent en garde
De mon sabre, savez-vous...
Les grands soldats, dans la rue,
Entre eux, disent à ma vue:
« C'est un soldat comme nous! »

Rien n'y manque, je m'en flatte:
J'ai le bonnet d'écarlate
Et deux galons sur les bras;
La ceinture avec la veste,
La guêtre blanche et le reste.
Et je ne plaisante pas!

J'ai gagné la bonne place,
Je suis premier de la classe;
Demain, les yeux pétillants,
J'aurai la croix à rosette,
La croix! Et dans ma pochette
De quoi pour les mendiants.

Mon bel habit militaire
Que m'a donné ma grand'mère,
Sera bien plus beau demain.
A demain je voudrais être:
On ouvrira la fenêtre
Pour voir passer le gamin! Sophie HUE.

16. — L'Envers du Ciel.

« Pourquoi, dit un enfant, ne vois-je pas reluire
« Au ciel les ailes d'or des anges radieux ? »
Sa mère répondit avec un doux sourire:
« Mon fils, ce que tu vois n'est que l'envers des cieux. »

Et l'enfant s'écria, levant son œil candide
Vers les lambris divins du palais éternel,
« Puisque l'envers des cieux, ô mère, est si limpide,
« Comme il doit être beau l'autre côté du ciel! »

Sur le vaste horizon quand la nuit fut venue,
A l'heure où tout chagrin dans un rêve s'endort,
Le regard de l'enfant s'élança vers la nue;
Il contempla l'azur semé de perles d'or ;
Les étoiles au ciel formaient une couronne,
Et l'enfant murmurait près du sein maternel:
« Puisque l'envers des cieux si doucement rayonne,
« Oh ! que je voudrais voir l'autre côté du ciel! »

L'angélique désir de cette âme enfantine
Monta comme un encens au céleste séjour,
Et quand le soleil vint derrière la colline,
L'enfant n'était plus là pour admirer le jour....

X.

17. — La Vierge à la Crèche.

Dans ses langes blancs fraîchement cousus,
La Vierge berçait son enfant Jésus.
Lui, gazouillait comme un nid de mésanges!
Elle, le berçait et chantait tout bas
Ce que nous chantons à nos petits anges...
Mais l'enfant Jésus ne s'endormait pas.

« Doux Jésus, lui dit la mère en tremblant,
« Dormez, mon agneau, mon bel agneau blanc.
« Dormez; il est tard, la lampe est éteinte !
« Votre front est rouge et vos membres las.
« Dormez, mon amour, et dormez sans crainte. »
Mais l'enfant Jésus ne s'endormait pas.

Et Marie, alors le regard voilé,
Pencha sur son Fils son front désolé.

« Vous ne dormez pas, votre mère pleure,
« Votre mère pleure, ô mon bel ami!... »
Des larmes coulaient de ses yeux ; sur l'heure,
Le petit Jésus s'était endormi.

Alph. DAUDET.

18. — Le Moineau et la Colombe.

LE MOINEAU

Comment se fait-il donc, ma sœur,
Que l'on t'aime, qu'on me rejette ;
Que l'on t'accueille avec douceur,
Qu'avec humeur on me maltraite?
Cependant, je suis plus adroit,
Je puis, par mainte gentillesse,
Charmer le maître et la maîtresse;
J'ai cent fois plus d'esprit que toi.

LA COLOMBE

C'est, mon frère, qu'on vous accuse
D'être un gourmand, d'être un voleur ;
Vous prenez ce qu'on vous refuse,
Moi, ce qu'on m'offre de bon cœur.
Vous avez plus d'esprit, mon frère,
Plus d'adresse, plus de savoir ;
Mais lorsqu'on l'emploie à mal faire,
Il vaudrait mieux n'en point avoir.

GRENUS.

19. — L'Ane retrouvé.

Lucas à pied menait à son village
Six ânes qu'à la foire il venait d'acheter.
Quand il eut bien marché, fatigué du voyage
Sur l'un des animaux il crut devoir monter.
Mais quelle fut sa surprise et sa peine,
De voir devant ses yeux cinq baudets seulement,
Au lieu de la demi-douzaine
Qu'en partant il avait sous son commandement !

Trois fois le compte il recommence,
Et toujours oubliant l'âne qu'il a sous lui,
Trois fois de son mortel ennui
Il sent croître la violence.
En sanglotant, le pauvre villageois
Retourne sur ses pas ; il court à droite, à gauche,
Pendant quatre heures il chevauche
Par vaux, par monts, et jusqu'au fond des bois.
Après s'être donné vainement la torture,
Il regagne enfin sa maison ;
Et, sans descendre du grison
Qui lui sert de digne monture,
A sa femme il déduit sa piteuse aventure.
Calme-toi, pauvre sot, lui dit-elle tout net,
Tu n'en comptes que cinq, et moi, j'en trouve sept.

H.....

20. — Le Petit Enfant.

Pour le bon Dieu que puis-je faire ?
Je suis si petit, si petit !
Voici ce que mon cœur me dit :
J'aimerai bien ma bonne mère !
Je puis l'aimer, quoique petit.

Pour Dieu que puis-je faire encore ?
Puisque c'est Dieu qui nous bénit,
Je prierai bien, près de mon lit,
Ce bon Dieu que ma mère adore :
On peut prier, quoique petit.

Et puis-je faire davantage ?
A l'école où l'on me conduit,
Attentif à tout ce qu'on dit,
Je m'efforcerai d'être sage :
On peut l'être, quoique petit.

Et quoi d'autre enfin ? — Si ma mère
Me réprimande ou m'avertit,
J'y veillerai, quoique petit,
Pour corriger mon caractère :
C'est comme cela qu'on grandit !

L. TOURNIER.

21. — Le Nid de la Fauvette.

Je le tiens ce nid de fauvette !
Ils sont deux, trois, quatre petits !
Depuis si longtemps je vous guette,
Pauvres oiseaux, vous voilà pris !

Criez, sifflez, petits rebelles,
Débattez-vous ; oh ! c'est en vain :
Vous n'avez pas encor des ailes ;
Comment vous sauver de ma main ?

Mais, quoi ! n'entends-je point leur mère
Qui pousse des cris douloureux ?
Oui, je le vois, oui, c'est leur père
Qui vient voltiger auprès d'eux.

Ah ! pourrais-je causer leur peine,
Moi, qui, l'été, dans les vallons
Venais m'endormir sous un chêne,
Au bruit de leurs douces chansons ?

Hélas ! si du sein de ma mère
Un méchant venait me ravir,
Je le sens bien, dans sa misère,
Elle n'aurait plus qu'à mourir.

Et je serais assez barbare
Pour vous arracher vos enfants !
Non, non, que rien ne vous sépare ;
Non, les voici, je vous les rends.

Apprenez-leur, dans le bocage,
A voltiger auprès de vous ;
Qu'ils écoutent votre ramage,
Pour former des sons aussi doux.

Et moi, dans la saison prochaine,
Je reviendrai dans ces vallons,
Dormir quelquefois sous un chêne
Au bruit de leurs jeunes chansons.

BERQUIN.

22. — Les Petits Chats.

Les plus jolis animaux de la terre,
A mon avis, ce sont les petits chats,
Lorsque, gaîment groupés près de leur mère,
Au grand soleil, ils prennent leurs ébats.
Qu'ils savent bien renvoyer une balle,
La rattraper... la relancer au loin,
Courir après... la chercher par la salle,
S'ils l'ont perdue, égarée en un coin.

Les petits chats ont, grâce à la nature,
Manteau de rois, de princes, de sultans.
Lustré, soyeux, riche et belle fourrure,
Chaude en hiver et légère au printemps.
Ils en sont fiers, aussi patte proprette
Brosse le poil, le lisse tour à tour.
Voyez un chat quand il fait sa toilette,
Il n'en finit, ça dure tout le jour.

Les petits chats n'ont pas besoin d'apprendre,
Pour être vite au courant du métier,
Pour être instruits, pour oser entreprendre
De grimper seuls, sans chandelle, au grenier.
Ah ! le grenier ! c'est leur champ de bataille,
Leur champ d'honneur ! car les valeureux chats,
Bons généraux, sans poudre ni mitraille,
Sur le carreau couchent souris et rats.

J'entends encor l'indigne médisance
Dire à celui qui griffonne trop mal :
— Votre écriture offre une ressemblance,
Rappelle fort celle d'un animal...
Le fait est faux. Et pour preuves contraires,
C'est que Minet sur la joue et la main,
Trace parfois, en très-beaux caractères :
« Vous m'ennuyez ! laissez-moi donc, taquin ! »

Augusta COUPEY.

23. — Quand je serai grand.

Le front incliné sur ton livre d'heures,
Oh ! je le vois bien... ma mère tu pleures !
Et tu sembles triste en me regardant.
Mais va ! j'ai huit ans ! mère, prends courage...
J'aurai pour nous deux du cœur à l'ouvrage
Quand je serai grand.

Je voudrais grandir... oh ! le temps me dure !
Hier, un méchant t'a jeté l'injure...
Il te voyait seul avec un enfant.
Des cœurs sans pitié raillent ta misère,
Mais aucun d'eux ne l'osera, mère,
Quand je serai grand.

Ton châle est usé ; ta robe de laine,
Si vieille à présent, se soutient à peine.
Je t'habillerai d'un chaud vêtement,
Et pendant l'hiver, toute la journée,
Tu verras du feu dans la cheminée
Quand je serai grand.

Je t'obéirai, mère, sois tranquille.
Oh ! tu le verras... ton enfant docile
Ne fera jamais ce que Dieu défend.
Tu dis quelquefois : « La vie est amère. »
Tu seras heureuse et tu seras fière
Quand je serai grand.

Nous achèterons au bout du village
Un petit jardin... tu souris, je gage.
Auprès des oiseaux, sous un lilas blanc,
Pour toi je veux faire un banc de verdure,
Et tu guériras, mère, sois-en sûre,
Quand je serai grand.

Et l'humble malade, un instant heureuse,
N'ose le serrer de sa main fiévreuse,
Et tout bas murmure en le contemplant :
« Enfant, sois béni, mais ta pauvre mère
« N'aura plus besoin que de ta prière
« Quand tu seras grand. »

Marie **Jenna**.

24. — **La pauvre Fille.**

J'ai fui ce pénible sommeil
Qu'aucun songe heureux n'accompagne,
J'ai devancé sur la montagne
Les premiers rayons du soleil.
S'éveillant avec la nature,
Le jeune oiseau chantait sur l'aubépine en fleurs,
Sa mère lui portait la douce nourriture...
Mes yeux se sont mouillés de pleurs.

Oh! pourquoi n'ai-je pas de mère ?
Pourquoi ne suis-je pas semblable au jeune oiseau
Dont le nid se balance aux branches de l'ormeau ?
Rien ne m'appartient sur la terre,
Je n'ai pas même de berceau,
Et je suis un enfant trouvé sur une pierre,
Devant l'église du hameau.

Loin de mes parents exilée,
De leurs embrassements j'ignore la douceur ;
Et les enfants de la vallée
Ne m'appellent jamais leur sœur !

Je ne partage pas les jeux de la veillée ;
Jamais, sous un toit de feuillée,
Le joyeux laboureur ne m'invite à m'asseoir,
Et de loin je vois sa famille,
Autour du sarment qui pétille,
Chercher sur ses genoux les caresses du soir.

Vers la chapelle hospitalière
En pleurant j'adresse mes pas,
La seule demeure ici-bas
Où je ne sois point étrangère,
La seule devant moi qui ne se ferme pas !

Souvent je contemple la pierre
Où commencèrent mes douleurs ;
J'y cherche la trace des pleurs
Qu'en m'y laissant peut-être y répandit ma mère.

Souvent aussi mes pas errants
Parcourent des tombeaux l'asile solitaire ;
Mais pour moi les tombeaux sont tous indifférents :
La pauvre fille est sans parents,
Au milieu des cercueils ainsi que sur la terre !

J'ai pleuré quatorze printemps
Loin des bras qui m'ont repoussée ;
Reviens, ma mère ; je t'attends
Sur la pierre où tu m'as laissée.

SOUMET.

25. — Laissez passer les petits oiseaux.

Le noble exploit ! faire une trace
Et d'agonie et de douleur,
Arrêter un oiseau qui passe
Sur le chemin de son bonheur !
O féconde et douce nature,
En secret, que dis-tu de nous,
Lorsque nos mains, de ta parure
Font tomber les plus beaux bijoux ?

Savez-vous que leur existence
Double le prix de vos labeurs?
Savez-vous que la Providence
Les donne en aide aux laboureurs?
Eh oui! par des gerbes plus belles,
Au mois d'août, vos chars sont comblés,
Quand ces alertes sentinelles,
De l'ennemi gardent vos blés.

Pitié! ma voix vous en conjure!
Vous êtes forts : ah! soyez doux!
Ne prenez rien à la nature ;
Les oiseaux ne sont pas à vous :
Ils sont aux fleurs, à la bruyère,
A la branche qu'ils vont bercer:
Ils sont à l'aube, à la lumière;
Ils sont à Dieu; laissez passer!

Si plus tard, à notre fenêtre,
Vous voyiez une aile frémir,
Ah! vous y penseriez peut-être,
Et c'est un mauvais souvenir.
La bonté par l'âge est mûrie :
Si quelque jour ces petits morts,
Au fond de votre âme attendrie,
Venaient éveiller un remords!

Aimez-les! le Maître suprême,
Qui les fit doux et gracieux
Les a créés pour qu'on les aime,
Et qui les aime est plus heureux.
Leur chanson, mieux qu'une parole,
Endort un regret douloureux,
Et parfois un oiseau console
En montrant le chemin des cieux!

MARIE JENNA.

26. — Une Lettre au bon Dieu.

Récit de village.

Dans une église de village
Une pauvre enfant, les pieds nus,
Entrait un soir, contre l'usage,
Comme finissait l'*Angelus*.
Elle errait sous la voûte obscure,
Et du tronc des pauvres, sa main
Effleurait déjà l'ouverture,
Quand le curé parut soudain...
« Eh! quoi! petite malheureuse!...
— Oh! pardon, mais croyez-le bien,
« Je ne suis pas une voleuse!
« Ma mère souffre et n'a plus rien...
« En tous lieux on m'a repoussée...
« Alors, je vous en fais l'aveu,
« Il m'était venu la pensée
« D'écrire une lettre au bon Dieu!
« Mais pour l'envoyer, comment faire!
« Aussi j'allais la confier
« A cette boîte hospitalière
« Qui fait pendant au bénitier.
« Déposée ainsi dans l'église
« A l'adresse de l'Eternel,
« J'espérais, par votre entremise,
« Qu'elle arriverait dans le Ciel! »
L'enfant retourne chez sa mère.
Le jour suivant, de grand matin,
Le pasteur, dans une chaumière,
Envoyait par le sacristain
Du pain blanc, du vin de sa vigne,
Et puis de quoi faire du feu...
Il n'avait écrit qu'une ligne ;
« C'est la réponse du bon Dieu! »

X...

27. — La Revue du Général.

Rangez-vous! c'est moi qui passe!
Je suis soldat! Lestement
Je manœuvre sur la place,
Comme un vieux du régiment.

J'ai tout seul appris à faire,
En levant le bout des doigts,
Un beau salut militaire
Aux officiers que je vois.

J'en connais un qui me nomme
Déjà son petit ami;
J'ai cinq ans, je suis un homme,
Je ne crains pas l'ennemi.

Je saurai très-bien combattre,
Moi je ne suis pas peureux :
Quand un gamin vient me battre,
Pour un soufflet, j'en rends deux.

Je n'entends pas qu'on me mène
Par la main, comme un marmot;
Que malgré moi l'on m'entraîne,
Sans me laisser dire un mot.

Je cours vite à la revue
Qu'avec son état-major
Passe, au bout de l'avenue,
Le général brodé d'or.

J'ai le képi, la cocarde,
Mon costume est bleu de ciel :
En avant! s'il me regarde
Il me fera colonel.

Je me vois qui caracole
Déjà sur un beau cheval;
En avant! A bas l'école,
Et vive le général!

Le bambin, faisant prouesse,
S'élance le front levé,
Rayonnant comme une Altesse;
Mais adieu gloire et paresse,
Sa mère l'a retrouvé!

Il lui faut battre en retraite...
Le héros se voit donner,
Dans sa déroute complète,
En place de l'épaulette,
Du pain sec à son dîner. SOPHIE HUE.

28. — Quand j'étais petit.

Quand j'étais petit, la nature entière
Jetait ses reflets sur mon front rêveur.
Du soleil de Dieu toute la lumière
Passait, ce me semble, à travers mon cœur.
Des gerbes du pré que j'avais cueillies,
Le soir je rêvais près du buis bénit.
L'air était si doux, les fleurs si jolies
Quand j'étais petit!

Quand j'étais petit, ma courte prière,
Comme un cri d'oiseau, montait au Seigneur.
Si j'avais péché, mon regret sincère
Jamais ne faisait d'ombre à ma candeur.
Mon âme d'enfant suivait l'hirondelle,
Qui, d'un trait joyeux, s'échappait du nid.
Rien ne me pesait... j'avais presque une aile
Quand j'étais petit!

Quand j'étais petit, je n'avais de peine
Qu'autant qu'en pouvait guérir un baiser.
Alors qu'en courant je perdais haleine,
Je trouvais des bras pour me reposer.
Chaque heure passait sans que je m'arrête
A peser l'instant qui s'évanouit.
Le temps n'était long qu'aux veilles de fête,
Quand j'étais petit.

Quand j'étais petit, je ne savais lire
Que dans l'Evangile ou le sein des fleurs.
Où je paraissais, je voyais sourire;
Jamais ma gaîté ne cachait des pleurs.
J'ignorais le doute et cette heure amère
Où, les yeux s'ouvrant, le bonheur finit,
J'étais bien aimé... j'avais une mère
Quand j'étais petit. Marie JENNA.

29. — **Le Pater.**

A propos de *Pater*, écoutez une histoire:
Simple, pauvre d'esprit ou du moins de mémoire,
Un berger savoyard, sage et pieux garçon,
N'avait pu retenir, après mainte leçon,
En latin l'oraison dite *dominicale.*
L'évêque d'Annecy, le bon François de Sales,
Eut la peine et la gloire, en cet obtus esprit,
De graver le *Pater*. Voici comme il s'y prit :
Sans miracle il obtint réussite complète;
Au besoin sur vous même essayez la recette.

« Combien dans ton troupeau comptes-tu de moutons?
Dit le Saint au berger. — Quarante. — Ont-ils des noms?
— Non, Bébé sert pour tous. — Fort bien reprit l'apôtre.
Tu sais facilement distinguer l'un de l'autre ?
— Oh! pour ça, je m'en vante, et je suis assuré
Par la couleur, la taille, ou la tête ou la queue,
Que je les pourrais tous connaître d'une lieue,
Comme vous, Monseigneur, d'avec notre curé.
— D'apprendre l'oraison j'ai trouvé la manière:
Nomme chaque mouton du nom de la prière:
Ton mouton le plus gros s'appellera *Pater.*
— *Pater*, bon. — Le second, *Noster*. — *Pater*, *Noster*.
Bon. — *Qui es*, *In cœlis*, troisième et quatrième.
Et *Sanctificetur* sera pour le cinquième.
— Je ne pourrai jamais, si les mots sont si longs ;
Celui-là suffirait pour deux ou trois moutons. »

Le Saint très-patient, le berger très-docile,
Sortirent cependant de ce pas difficile;
Du *Pater* à l'*Amen*, baptisant les moutons,
L'oraison fut apprise en quarante leçons.

Six mois après le Saint retrouve le berger;
Sur le *Pater noster* il veut l'interroger.
L'écolier, pour aider sa mémoire rebelle,
Rassemble autour de lui ses moutons qu'il appelle,
Et pensif, l'œil ouvert, et l'index en avant,
Ne ressemble pas mal à cet âne savant
Qui, la patte tendue et l'oreille baissée,
Dans un jeu va trouver une carte pensée.
« J'y suis: *Pater noster, in cœlis.* — Mon garçon,
Tu te trompes; *Pater noster, in cœlis*, non. »
Mais l'écolier poursuit sa prière et l'achève.
« C'est fort bien, excepté le troisième mouton
Qui es. — Oh! de *Qui es* il n'est plus question;
Pauvre *Qui es*! reprit en larmoyant l'élève;
Vous ne savez donc pas? le loup me l'a croqué;
Depuis ce temps, *Qui es* au *Pater* a manqué. »

30. — La Petite École.

Quoi? vous ne savez pas encore
Jouer à l'école, vraiment?
Est-ce des choses qu'on ignore?
Eh bien! vous verrez, c'est charmant!

Il nous faut d'abord une classe:
C'est ce pavillon, supposons;
Que chacun y prenne sa place:
Là les filles, là les garçons.

Puis, il nous faut une régente:
Qui sera-ce?— Tirons au sort. —
Bon! c'est moi, que je suis contente!
Etre régente, c'est mon fort!

Elèves, un peu de silence,
Les mains sur les bancs: commençons!
A vous la première, Clémence,
Venez réciter vos leçons.

« Fable du Coche et de la Mouche. »
— Pas mal, mais vous parlez trop bas:
Ouvrez donc un peu plus la bouche,
Mademoiselle, on n'entend pas!

Continuez, vous, Henriette!
« La mouche, en ce pressant besoin... »
Eh bien? qu'est-ce qui vous arrête?
Vous n'avez pas appris plus loin?...

Quelle paresse impardonnable,
Henriette! Trois points marqués,
Trois fois à copier la fable,
Et quatre, si vous répliquez!

Passons au thème d'orthographe,
Et faites bien attention:
Je vais vous dicter « la Girafe »
Tiré de Monsieur de Buffon.

« La girafe est un... » Charles! Rose!
Vous ne voulez pas travailler?
Quatre fois le verbe « je cause, »
Pour vous apprendre à babiller!

Je reprends et dicte la suite:
« La girafe est un des premiers... »
Et cœtera. Relisez vite,
Et montrez-moi tous vos cahiers.

Bien, Clémence, votre orthographe
A fait des progrès; cependant
Vous mettez *ph* à giraphe:
C'est un *f* qu'il faut, mon enfant.

Bernard, écriture meilleure,
Mais dix fautes; Charles, vingt-deux!
Thème à refaire, et trois quarts d'heure
De retenue à chacun d'eux!

Pour finir, un peu de musique,
D'après la méthode Chevé.
Je vais vous donner la tonique ;
Voyons, que ce soit enlevé!

Do, do, sol, sol, un peu d'ensemble —
La, la, sol, c'est un air nouveau —
Fa, fa, mi, point de voix qui tremble —
Bon! Fa, fa, mi, mi, ré, ré, do.

Sol, sol, fa, plus doux ce passage —
Bien — continuez seulement —
La reprise, à présent, courage —
Do, do, sol, sol, — parfaitement!

Elèves, je suis très-contente!
Aussi, tout pensum abrogé,
Ecoutez bien — votre régente
Vous donne trois jours de congé!

L. Tournier.

31. — Le petit Mousse.

Une femme attendait sur un autre rivage :
On entendait les flots rugir contre la plage,
Les matelots chanter, la femme soupirer.
Elle venait ainsi devant la mer sans borne,
Ce grand tableau sans cadre, au ton verdâtre et morne,
Attendre tous les jours, regarder et pleurer.

Par un flux et reflux, sur la rive et dans l'âme,
Toujours les flots mouvants et l'espoir de la femme
Montaient et s'abaissaient. Ces flots pleins d'ouragan
Roulaient peut-être, avec quelques plantes marines,
Son fils chéri! Qui sait combien de perles fines
Et d'êtres adorés nous cache l'Océan?...

Tout à coup elle croit voir un point dans l'espace :
— C'est peut-être, dit-elle, un goëland qui passe...
Non, c'est comme un poisson que l'on voit se mouvoir...
Il grandit, le contour se forme et se colore;
C'est un bateau pêcheur... Il se rapproche encore,
Mon Dieu, c'est un vaisseau ! c'est bien plus, c'est l'espoir.

Mais il aborde au port...—Matelots, parlez vite,
M'amenez-vous mon fils?... Votre regard m'évite!
C'était un mousse alerte, au teint d'un frais carmin,
Mon Georges... c'est son nom... Dieu! l'ouragan, la trombe
L'ont peut-être jeté dans les flots ; seule tombe
Dont les mères en pleurs ignorent le chemin!

— Me voilà, mère! vite un baiser!... C'est moi-même
S'écrie en bondissant le mousse... Que je t'aime!
Leur vaisseau m'a sauvé... Mon Dieu, quel jour béni!
Je reste, je renonce à mes cieux sans limite,
A mes vagues sans fin; ta maison est petite,
Mais l'amour d'une mère est un autre infini.

Sa mère... mais comment dire un amour de flamme?
C'est un feuillet divin dans l'histoire de l'âme :
Lisez-le dans vos cœurs : ils vous peindront bien mieux
Cette heure du retour si tendre et si joyeuse,
Heure du Paradis, qui sonne harmonieuse,
Et que Dieu doit marquer sur un cadran des cieux,

Sa mère ne dit point : « Ma douleur fut amère,
J'attendais en pleurant, comme attend une mère,
Mon Dieu! que j'ai prié, souffert et sangloté! »
Elle le contempla sans dire une parole,
Le pressa sur son cœur, l'embrassa presque folle,
Et dans un seul baiser tout lui fut raconté.

Enfants, beaux ignorants, vous qui venez de naître
Sachez que le bonheur est sur votre chemin ;
Prenez-le sans courir en étendant la main.
Sous le toit paternel on le voit apparaître :

Ce n'est point le palmier des lointains horizons,
C'est la petite fleur qui vient dans vos maisons,
Sur le bord de votre fenêtre.

Mme Anaïs Ségalas

32. — A un brave Ecolier.

Monsieur l'écolier sérieux,
Vous m'aimez encor, je l'espère?
Levez un moment vos grands yeux :
Fermons ce grand livre ennuyeux,
Et souriez à votre père.

Il est beau d'être un raisonneur,
De tout lire et de tout entendre,
De remporter les prix d'honneur!...
C'est, je crois, un plus grand bonheur
D'être un enfant aimable et tendre.

Lorsqu'on a fait tout son devoir,
Que la main est lasse d'écrire,
Quand le père est rentré, le soir,
Avec les sœurs, il faut savoir
Jouer, causer..., même un peu rire.

Avant de savoir l'allemand,
La grammaire et l'histoire même,
Aimez! c'est le commencement,
Aimez sans honte et vaillamment,
Aimez tous ceux qu'il faut qu'on aime!

Mais il est trop peu généreux
D'aimer tout bas et bouche close.
A ceux que l'on veut rendre heureux,
Des souhaits que l'on fait pour eux
Il faut dire, au moins quelque chose.

Les vrais bons cœurs sont transparents;
On y voit toutes leurs tendresses.
Ah! chers petits indifférents,
Gâtez un peu vos vieux parents:
Leur bonheur est dans vos caresses!

C'est beaucoup d'avoir la bonté :
Montrez-la bien, qu'on en jouisse!
Il faut que, dès avant l'été,
En fleurs de grâce et de gaîté
Votre bon cœur s'épanouisse.

Voyez dans le meilleur terrain,
Parmi les blés hauts et superbes,
C'est Dieu qui mêle, de sa main,
Le bluet d'azur au bon grain,
Le pavot rouge à l'or des gerbes.

Vous ainsi, savants, mais joyeux,
Charmez la maison paternelle :
Quand on a le sourire aux yeux,
A la lèvre un mot gracieux,
La vertu même en est plus belle.

V. DE LAPRADE.

33. — Aux Enfants.

Enfants, dans les plaines fleuries
Élancez-vous! chantez, courez!
A vous le gazon des prairies,
A vous les cailloux diaprés,
A vous les fleurs! Mais laissez vivre
L'insecte sous l'herbe abrité,
Qui comme vous joue et s'enivre
Des joyeux parfums de l'été.

Savez-vous que Dieu qui les sème,
Grains vivants d'or et de velours,
Les prête à celui qui les aime,
Mais les conserve à lui toujours?

Que chacun des êtres commence
En naissant son hymne serein,
Et que la sainte Providence
Veut l'entendre jusqu'à la fin?

Savez-vous que ce petit être
Qu'ont tué vos cruelles mains,
Sous un arbre laisse peut-être
Une famille d'orphelins?
Que peut-être toute une fête
S'attriste en un coin du jardin,
Tandis que votre troupe arrête
Un des convives du festin?

Oh! le méchant qui prend son aile
A la mouche, au papillon d'or!
A l'escargot sa maison frêle,
A la fourmi tout son trésor!
Le méchant qui jette la crainte
Sous la mousse et dans le buisson!
Le méchant qui laisse une plainte
Où bourdonnait une chanson!

Le méchant qui finit la vie
Des innocents petits oiseaux,
Dans leurs doux nids à faire envie
Aux enfants dans leurs doux berceaux!
Qui, si l'insecte court, dispose
Le long de sa route un écueil,
Ou, si dans un lis il se pose,
De son palais fait un cercueil!

Mais vous ignorez la souffrance,
Petits amis toujours heureux!
Pour que tout rie à votre enfance,
Pour que rien ne trouble vos jeux,
Chacun bien loin de vos demeures
Chasse les tristes vérités.
Pour rendre vos âmes meilleures,
S'il faut vous les dire, écoutez.

Il est des enfants sur la terre
Bien pauvres... déjà soucieux.
Qui sait pourquoi? c'est un mystère:
Dieu l'expliquera dans les cieux.
Il est aussi, douleur amère!
Des malheurs encore plus grands,
Car il est des enfants sans mère,
Et puis... des mères sans enfants.

Ah! s'il est des pauvres qui pleurent,
Et tout l'hiver n'ont jamais chaud,
S'il est des hommes qui demeurent
Longtemps dans de sombres cachots,
Où jamais le soleil n'envoie
Un des reflets de l'horizon,
Laissez du moins, laissez la joie
Sur la branche et sous le gazon.

Laissez les oiseaux aux tourelles,
A l'herbe tous ses diamants,
Au soir ses vertes étincelles,
Au matin ses bourdonnements.
Laissez à l'arbre solitaire
L'ami qui revient, chaque été,
Mêler des chants à son mystère,
Des ailes à sa majesté.

Allez! si rien sous le feuillage,
Rien à l'ombre du vieux manoir
N'a souffert à votre passage,
Vous rentrerez contents ce soir;
Car, sachez-le, Dieu met la joie
Dans le cœur du petit enfant,
Qui, lorsqu'un insecte se noie,
Jette un pont d'herbe sur l'étang.

Marie Jenna.

31. — La Poupée.

Eh! dodo!
Pouponnette
Mignonnette;
Eh! dodo!
Dodinette,
Dodino!

Il faut dormir, mademoiselle!
Voyons! de quoi vous plaignez-vous?
N'êtes-vous pas heureuse et belle?
Ètes-vous mal sur mes genoux?
Hélas! à l'heure où je vous berce,
Plus d'un pauvre enfant souffreteux
De grêle reçoit une averse
Et rentre chez lui tout piteux.

Eh! quoi! vous faites la méchante,
Et vous ne voulez pas dormir?
Fermez les yeux, puisque je chante,
Ou les gendarmes vont venir!
Savez-vous bien, vilaine fille,
Qu'à cette heure où le jour pâlit,
Il est des enfants en guenille
Qui pour dormir n'ont pas de lit!

Pourquoi crier à perdre haleine
Avez-vous froid près du foyer?
N'avez-vous pas des bas de laine?
Qu'avez-vous besoin de crier?
A cette heure où je vous protège,
Plus d'un pauvre orphelin, je crois,
Grelotte, pieds nus, dans la neige
Et pleure au travers de ses doigts!

Voyons, ne criez plus, pouponne,
Vous ne devez pas avoir faim :
Vous savez bien que je vous donne
De mes bonbons et de mon pain.

Songez qu'à cette heure, ma fille,
Où vos cris viennent m'occuper,
Il est plus d'une humble famille
Qui se couchera sans souper!

— Allons, faites votre prière,
Fillette, il faut vous reposer :
C'est bien! fermez votre paupière,
Puisque je m'en vais la baiser.
Rappelez-vous, douleur amère,
Lorsque vous pleurerez trop fort,
Que sans un baiser de sa mère,
Plus d'un petit enfant s'endort!

Eh! dodo!
Pouponnette
Mignonnette;
Eh! dodo!
Dodinette,
Dodino.

BARILLOT.

35. — Vœux d'une mère.

Tant que l'homme reste
Docile au Sauveur,
Une voix céleste
Parle dans son cœur.
C'est l'ami fidèle
Que Dieu t'a donné :
O mon doux René,
Reste sous son aile!

Il est des ennemis cachés dans les buissons,
Qui, dès qu'un cœur s'éveille, y jettent leurs poisons.
Ils ont fui la lumière, et, perfides apôtres,
Où leurs pas sont tombés, veulent traîner les autres;
Car sur le cœur flétri qui dans le mal s'endort,
otre innocence, enfant, pèse comme un remord.

On dit : Pauvres pécheurs ! moi je dis : Pauvres mères !
Elles ont eu, mon Dieu, des heures bien amères,
Depuis que leurs enfants, dans un moment fatal,
Ont glissé de leurs mains dans le sentier du mal.
A l'ombre du foyer peut-être qu'elles pleurent...
Oh ! rendez bons leurs fils, ou faites qu'elles meurent !

L'Église, un jour pourtant les avait faits chrétiens !
Ils étaient les amis de leurs anges gardiens ;
Au pied des saints autels ils ont prié sans doute,
Mais dès qu'ils furent seuls, ils ont changé de route :
Il valait mieux, Seigneur, les prendre tout petits,
Quand leurs lèvres d'enfant baisaient le crucifix.

Et moi, si mon René s'en allait loin du ciel,
Il faudrait donc alors, pleurant devant l'autel,
Et le front dans mes mains, dire au Dieu d'innocence :
Celui qui vous trahit, celui qui vous offense,
Qui rejette la foi comme un fardeau pesant,
Qui ne vous aime plus... mon Dieu... c'est mon enfant !

Ah ! n'écoutez jamais le cri de ma faiblesse.
Si mon petit René, l'enfant de ma tendresse,
Doit vous trahir un jour... emportez-le, Seigneur !
Moi, j'aurai dans mon âme un glaive de douleur,
Mais je saurai qu'au ciel il chante vos louanges.
Je ne veux plus d'enfants, si ce ne sont des anges !

Marie Jenna.

36. — A ma Poupée.

Ma poupée, il faut vous le dire :
Depuis quelque temps, entre nous,
(Veuillez, s'il vous plaît ne pas rire.)
Je suis mécontente de vous.

A nos leçons, j'en suis frappée,
Vous ne mettez nul intérêt ;
Ailleurs, vous êtes occupée :
Une mouche, un rien vous distrait.

Aussi n'en profitez-vous guère;
Au lieu de lire couramment,
C'est à peine, à peine, ma chère,
Si vous épelez seulement!

Encor, sur ce manque de zèle,
Je passerais facilement,
Si vous vouliez, mademoiselle.
N'y pas joindre l'entêtement.

Souvent, j'ai beau vous faire signe :
Quand votre esprit s'est obstiné,
Vous voyez un *a* dans la ligne,
Mais vous dites : Non, c'est un *e*!

Vous mériteriez, quand j'y songe,
De recevoir une leçon...
Mais je veux bien passer l'éponge
Encore, et vous parler raison.

Quelle poupée avez-vous vue
Qui fut retardée à ce point?
Si paresseuse et si têtue?
Quant à moi, je n'en connais point.

Tenez, par exemple, Françoise,
Votre cadette, au moins d'un an,
Lit sans faute, écrit sur l'ardoise,
A ce que m'a dit sa maman.

Et Toinette, j'en suis certaine,
A la sienne, le jour de l'an,
A récité, tout d'une haleine,
Une fable de Florian.

Vous pensez, sans doute, Julie,
Que l'on peut, sans tant travailler,
Etre une poupée accomplie,
Plaire, réussir et briller.

Qu'il suffit d'un joli visage,
Yeux noirs, beaux cheveux, dents d'émail,
Et même d'un joli corsage
Ou bien d'un élégant camail?

Non, non! être belle, ma fille,
Ou riche, ce n'est rien encor;
Etre sage, instruite et gentille,
Voilà quel est le vrai trésor.

A présent, vous allez, je pense,
Dire vos lettres couramment,
Je vous lirai, pour récompense,
Après, la *Belle au bois dormant.*

Puis, avec Françoise et Toinette,
Plus tard, comme ces jours derniers,
Nous irons faire la dînette
Là-bas sous les grands marronniers.

L. TOURNIER.

37. — Histoire d'un enfant Ramoneur.

Le dialogue a lieu dans la cour d'un vaste château près de Paris. Dans cette cour se trouvent des arbres, une fontaine, une pièce de gazon où paît librement un joli petit âne.

Qu'on est bien sur ce banc, sous l'ombrage du chêne,
Tout près de ce cours d'eau qui naît de la fontaine!
Quelle cour spacieuse et quel vaste château!
Comme ici tout est grand, comme ici tout est beau!...
Cet air me fait du bien!... Ma foi, je me repose
Avec joie et bonheur, c'est toujours quelque chose;
Et c'est juste, après tout, car par de durs travaux
J'ai positivement bien gagné ce repos.

(*Il compte sur ses doigts.*)

Je viens de ramoner... quatorze cheminées...
Et depuis samedi j'ai frotté... trois journées,

Ça fait bien de l'argent ; le maître de ces lieux
Doit être, j'en suis sûr, riche, bon, généreux.
S'il me donne cinq francs, j'en aurai bien cinquante.
Avec cinquante francs on a l'âme contente...
On peut pour le pays arrêter le départ...
Eh bien ! je partirai dans trois jours, au plus tard.
Eh ! quel bonheur d'aller revoir sa bonne mère !
D'embrasser mille fois son excellent vieux père !
De revoir le clocher, de revoir le pays,
De revoir son curé, ses parents, ses amis !
De Paris en Savoie... ah ! c'est long... c'est dommage ;
N'importe ! le pays vous donne du courage...
Si je pouvais avoir cet ânon que voilà !
(*Il désigne du doigt l'âne qui paît non loin de lui.*)
Comme cela m'irait cette monture-là !
(*Il compte son argent.*)
Oh ! j'ai trop peu, trop peu. La bête est si jolie !
Elle est faite à ravir ! Quelle croupe arrondie !
Quelles jambes ! quel poil ! Ah ! si... Mon Dieu ! mon Dieu !
Et le maître à ces mots arrivait dans ce lieu.
« Qu'as-tu donc, mon ami, tu souris et tu pries ?
—Rien, Monsieur, oh ! non, rien... ce sont de mes folies.
—Mais encore, voyons... je veux savoir pourquoi
Tu disais : O mon Dieu ! Franchement dis-le-moi.
— Excusez-moi, Monsieur, si j'ai peur, si j'hésite..
Mais c'est mal d'hésiter, je vous le dis de suite :
Voyez-vous cet ânon ? là se bornent mes vœux ;
Si je le possédais, je serais trop heureux !
Il me transporterait sans fatigue et sans peine
Auprès de mes parents la semaine prochaine.
Et qui pourrait alors se comparer à moi ?
Je serais mille fois plus heureux que le roi.
Mais ce sont là, je sais, des châteaux en Espagne,
Et lentement à pied j'irai vers la montagne.
Nous autres, pauvres gens, toujours privés d'argent,
Nous ne pouvons jamais voyager autrement.
Heureux, quand, au printemps, comme les hirondelles,

Nous traversons l'espace avec nos propres ailes !
— Et si je t'arrangeais... si des offres, voyons,
Pouvaient entre nous deux, par des concessions,
Mener à bonne fin cette petite affaire ?
—Ah! je vous aimerais comme on aime son père!
Non, excusez, Monsieur,... cet élan de mon cœur ;
Je vous regarderais comme mon bienfaiteur,
Et je vous bénirais tous les jours de ma vie.
— De traiter avec toi tu me donnes l'envie ;
Voyons, combien as-tu ? — Juste cinquante francs,
Que j'ai su ramasser malgré le mauvais temps.
Et l'ânon, que vaut-il ?... (L'enfant est tout oreille.)
— Il vaut pour toi, j'estime une somme pareille.
— Si vous me le vendiez, Monsieur, le voulez-vous ?
Je vous donne mon sac, mes écus et mes sous ;
C'est là tout mon trésor, tout ce que je possède.
— Mais cette somme-là devait venir en aide
A ton père, à ta mère, à tes pauvres parents.
— Mais ça ne change rien... j'arrive... je le vends.
Au contraire, Monsieur, en le vendant j'y gagne ;
Grâce à votre bonté, j'augmente mon épargne,
Et mon petit ânon m'est plus cher à ce prix,
Je le revends de suite avec de gros profits...
Je ne vous parle pas du bonheur, du bien-être
Que je vais ressentir, si j'en deviens le maître ;
Tout le long du chemin sur mon âne à cheval,
Aucun prince, aucun roi ne sera mon égal.
— Et pour faire la route alors que vas-tu faire ?
Il faut nourrir ton âne, il faut le nécessaire.
— Ah ! vous avez raison... et je n'y songeais pas...
Mais il nous faudra peu, j'ai du cœur, j'ai des bras ;
Faites-moi travailler tout le jour, je vous prie,
Et donnez-moi cinq francs, ma tâche étant remplie ;
Avec dix sous par jour, cela nous suffira ;
Cinq sous de pain, de son... le reste après ira.
Je connais le chemin, et, sans le moindre doute,
En dix jours nous ferons bien aisément la route.

— Puisqu'il en est ainsi, je veux te rendre heureux,
Je veux te seconder au-delà de tes vœux ;
Ton franc-parler me plaît, ta conduite est très-bonne ;
Ainsi l'âne est à toi, prends-le, je te le donne...
Cinq francs que je te dois, plus ces cinq francs encor,
Voilà pour tes besoins sans toucher au trésor.
Au revoir, mon ami, pense à moi, bon voyage !... »
L'enfant de la parole avait perdu l'usage,
Il écoutait encore, étonné, tout ému,
Il croyait se tromper, avoir mal entendu.
Mais reprenant ses sens, il court, se précipite
Auprès du bienfaiteur, qui s'éloigne et l'évite.
« Arrêtez, Monsieur, de grâce, s'il vous plaît,
Que ne vous dois-je pas pour un si grand bienfait ?
Attendez, attendez... Oui, Monsieur, je m'engage
A vous servir un an sans recevoir de gage,
A venir vous revoir de suite à mon retour,
A travailler pour vous et la nuit et le jour.
O Monsieur ! excusez si je vous fais sourire,
Peut-être ai-je mal dit ce que je voulais dire ;
Mon cœur reconnaissant... — Assez, mon bon ami :
Mais tu ne me dois rien... je donne, c'est fini.
Ton travail sera tout à ta famille entière,
Pour de braves enfants cette tâche est légère :
J'aime tes sentiments, compte sur ma faveur,
Viens me voir au retour. — Oui, oui, mon bienfaiteur,
Oh ! je vous le promets, ma joie en est profonde.
Ce jour sera pour moi le plus beau jour du monde. »
L'enfant n'y tenant plus, les traits épanouis,
Saute, heureux, sur son âne, et part pour son pays !...

J. P. Worms.

38. — L'Enfant et le petit Jésus

Un petit enfant se joue,
Dans le plus frais des vallons ;
Et le zéphir sur sa joue
Fait flotter ses cheveux blonds.

Il vole, il suit, hors d'haleine,
Frappant l'écho de sa voix,
L'agneau qui fuit dans la plaine,
L'oiseau qui court dans les bois.

Soudain, à l'ombre d'un arbre,
Se dresse devant ses pas
Une madone de marbre
Tenant son fils dans ses bras.

L'enfant avec complaisance
Sourit au petit Jésus,
Et sa naïve innocence
Lui dit ces mots ingénus :

Ami, viens dans ces prairies
Jouer, courir avec moi ;
Vois-tu ces fleurs si jolies ?
Je les cueillerai pour toi.

Entends-tu cette mésange,
A l'ombre de ce buisson,
De sa petite voix d'ange
Gazouiller une chanson ?

Je la prendrai pour te plaire,
Et sous ta charmante main
Tu pourras presser la mère
Et les petits sur ton sein.

Viens, nous poursuivrons les ailes
Des papillons diaprés,
Et les vertes demoiselles
Qui voltigent dans les prés.

Après nos courses lointaines,
Penchés sur leurs bords glissants,
Nous irons dans les fontaines
Chercher des cailloux luisants.

Il dit, mais la sainte image
A sa voix ne répond pas,

Et bientôt l'enfant volage
Seul a repris ses ébats.

La nuit vient, la nuit si douce
Pour les êtres innocents;
Oiseaux, pour vos nids de mousse,
Pour vos lits de plume, enfants.

A genoux, de sa prière
Il offre à Dieu l'encens pur;
Puis il ferme sa paupière
Sur ses tendres yeux d'azur.

Il dort; on voit un sourire
Sur ses lèvres voltiger
Comme au souffle du zéphire
Se berce un oiseau léger.

Quel beau rêve le caresse!
Tirant son rideau soyeux,
Une image enchanteresse
Vient apparaître à ses yeux.

C'est un enfant de son âge,
Mais si brillant, si vermeil,
Que l'éclat de son visage
Ferait pâlir le soleil.

Il approche, et comme l'aube
Qui s'élève à l'horizon,
L'or ondoyant de sa robe
Trace un lumineux sillon.

Sur l'innocent qui sommeille,
Il se penche gracieux,
Et murmure à son oreille,
Du doigt lui montrant les cieux :

Dans tes jeux sur la prairie,
Tu m'appelais près de toi;
A mon tour je te convie,
Jeune ami, viens avec moi.

Ma prairie est bien plus belle ;
Viens dans mes jardins charmants,
La moindre rose étincelle
Plus qu'ici les diamants.

Les papillons y rayonnent
Des plus charmantes couleurs,
Et des fruits d'or y couronnent
Des arbres chargés de fleurs.

Là les oiseaux du feuillage,
Mélodieux habitants,
Par un éternel ramage
Fêtent l'éternel printemps.

Là, des troupes enfantines,
Compagnes de tous mes jeux,
Font de leurs voix argentines
Un concert mélodieux.

De leur brillante phalange
Pour toi les rangs s'ouvriront :
Tu porteras, comme un ange,
Une étoile sur le front.

Entends-tu leur jeune bouche
T'appeler dans le lointain ?
Vois-tu dans l'air, vers ta couche,
Voler leur brillant essaim ?

Vois-tu ma Mère chérie
Qui t'ouvre ses bras bénis ?
Je suis Jésus ; ma prairie,
Enfant, c'est le Paradis !

La voix expire..... le rêve
S'évapore, mais, hélas !
En vain l'aurore se lève,
L'enfant ne s'éveille pas.

Ses paupières étaient closes
Par le sommeil éternel.

Il ne cueillit plus de roses
Que dans les jardins du ciel.

X.

39. — **L'Imprudence** (conte d'enfant).

Un matin, parcourant la campagne nouvelle,
Une mère jouait avec ses deux enfants;
Mère comme la vôtre, aussi bonne que belle,
Le bonheur se peignait dans ses yeux triomphants.
« Venez, mes chers petits, courons dans la prairie! »
Disait-elle en fuyant; et, redoublant leurs pas,
Derrière elle accouraient Léopold et Marie,
Et leur mère riait en leur tendant les bras;
Et tous deux s'y jetaient; puis s'élançant plus vite,
Ils voulaient à leur tour parvenir jusqu'au but;
Le premier qui du champ atteignait la limite,
D'un baiser maternel recevait le tribut.
Puis, le cœur haletant, sur la mousse ils s'assirent;
Ils cueillirent des fleurs sur le bord du chemin;
Et, formant des bouquets, qu'à leur mère ils offrirent,
Joyeux ils s'écriaient: « Nous reviendrons demain! »

Alors vous eussiez vu cette mère attentive
Donner à ses enfants des fruits et des gâteaux;
Et tous deux bondissant, tant leur joie était vive,
Oublièrent soudain le besoin du repos.
« Vois-tu la belle fleur, là-bas, vers cette pierre,
Dit Marie à son frère, en montrant un iris.
Viens, courons, paresseux; j'y serai la première,
Et maman d'un baiser m'accordera le prix! »
Léopold la suivit dans sa course légère;
Leur mère ne vit point où s'égaraient leurs pas.
Tout entière aux pensers que le bonheur suggère,
Elle s'occupait d'eux... et ne les suivait pas.
Sur le gazon assise elle restait rêveuse;
Dans le recueillement, elle baissait les yeux;
Bientôt son jeune époux (oh! qu'elle était heureuse!)
De ses enfants aussi partagerait les jeux!

Il allait revenir, après un long voyage,
Il allait ressentir tout ce qu'elle éprouvait;
Déjà de ses transports elle se peint l'image;
Et ses enfants fuyaient tandis qu'elle rêvait.

« J'ai la fleur, » dit Marie, et sa main triomphante
Agita dans les airs un iris arraché.
« Vois-tu comme il est beau! maman sera contente,
« N'est-ce pas? Viens le voir... mais tu parais fâché!
« Viens, le vent du midi l'a couvert de poussière,
« La chaleur a plié ses beaux panaches bleus;
« Viens, allons le baigner aux eaux de la rivière;
« Viens, ne sois point jaloux; il sera pour nous deux. »
Et la jeune étourdie, en se penchant sur l'onde
Puisait l'eau dans ses mains, mouillait la fleur d'azur,
Dans les flots transparents mirait sa tête blonde,
Et sur la grève humide avançait d'un pas sûr.

Près d'elle, elle a cru voir un poisson qui frétille;
Dans l'eau, pour le saisir, son bras s'est enfoncé;
Tout à coup l'on entend la pauvre jeune fille
Pousser un cri d'effroi... son pied avait glissé.
Le torrent l'entraîna... sa malheureuse mère
Accourut à sa voix. Hélas! c'était trop tard!
Elle voulait mourir dans sa douleur amère,
Et sur les flots profonds fixait un œil hagard.
Dans sa triste demeure on l'emporta mourante;
Léopold la suivait en appelant sa sœur,
Sa sœur que rejeta la vague indifférente
Aux filets du pêcheur.

On recueillit son corps qu'avait souillé la fange;
Son âme s'envola sur les ailes d'un ange
Vers le monde éternel, séjour délicieux.
Mais elle vit du haut des cieux,
Sa mère vivre ici-bas, désolée,
Traîner ses tristes jours, puis descendre au cercueil :
Un prêtre la coucha dans un froid mausolée,
Et près de lui priait un orphelin en deuil.

Léopold n'avait plus, ni sa sœur, ni sa mère :
Le malheur le frappa dans ses jours les plus beaux,
Et lorsqu'à son foyer revint son pauvre père,
Il le retrouva seul, seul entre deux tombeaux!

Voyez que de douleurs attire l'imprudence!
Elle change en chagrins les plaisirs les plus doux.
Enfants, obéissez pour que la Providence
Veille toujours sur vous,
Et maintenant, allez sauter sur la pelouse!
Evitez les dangers qui mènent au malheur;
De vos charmes, enfants, la mort semble jalouse,
Comme l'aquilon l'est des fleurs.

Mme LOUISE COLLET.

40. — **Le Petit Savoyard.**

CHANT PREMIER

LE DÉPART

« Pauvre petit, pars pour la France;
Que te sert mon amour? Je ne possède rien,
On vit heureux ailleurs, ici, dans la souffrance.
Pars mon enfant, c'est pour ton bien.

« Tant que mon toit put te suffire,
Tant qu'un travail utile à mes bras fut permis,
Heureuse et délassée en te voyant sourire,
Jamais on n'eût osé me dire:
Renonce aux baisers de ton fils.

« Mais je suis veuve; on perd sa force avec la joie
Triste et malade, où recourir ici?
Où mendier pour toi? Chez les pauvres aussi?
Laisse ta pauvre mère, enfant de la Savoie;
Va, mon enfant, où Dieu t'envoie.

« Mais si loin que tu sois, pense au foyer absent;
Avant de le quitter, viens, qu'il nous réunisse.
Une mère bénit son fils en l'embrassant:
Mon fils, qu'un baiser te bénisse!

« Vois-tu ce grand chêne là-bas ?
Je pourrai jusque-là t'accompagner, j'espère.
Quatre ans déjà passés j'y conduisis ton père ;
Mais lui, mon fils, ne revint pas.

« Encor, s'il était là pour guider ton enfance,
Il m'en coûterait moins de t'éloigner de moi ;
Mais tu n'as pas dix ans, et tu pars sans défense...
Que je vais prier Dieu pour toi !

« Que feras-tu, mon fils, si Dieu ne te seconde ?
Seul parmi les méchants, car il en est au monde,
Sans ta mère, du moins, pour t'apprendre à souffrir...
Oh ! que n'ai-je du pain, mon fils, pour te nourrir !

« Mais Dieu le veut ainsi, nous devons nous soumettre ;
Ne pleure pas en me quittant,
Porte au seuil des palais un visage content.
Parfois mon souvenir t'affligera peut-être...
Pour distraire le riche, il faut chanter pourtant.

« Chante, tant que la vie est pour toi moins amère ;
Enfant, prends ta marmotte et ton léger trousseau ;
Répète, en cheminant, les chansons de ta mère,
Quand ta mère chantait autour de ton berceau.

« Si ma force première encor m'était donnée,
J'irais, te conduisant, moi-même par la main :
Mais je n'atteindrais pas la troisième journée ;
Il faudrait me laisser bientôt sur ton chemin :
Et moi, je veux mourir aux lieux où je suis née.

« Maintenant, de ta mère entends le dernier vœu :
Souviens-toi, si tu veux que Dieu ne t'abandonne,
Que le seul bien du pauvre est le peu qu'on lui donne.
Prie, et demande au riche, il donne au nom de Dieu.
Ton père le disait ; soit plus heureux : adieu. »

Mais le soleil tombait des montagnes prochaines,
Et la mère avait dit : il faut nous séparer ;
Et l'enfant s'en allait à travers les grands chênes,
Se tournant quelquefois et n'osant pas pleurer.

CHANT SECOND

PARIS

« J'ai faim : Vous qui passez daignez me secourir.
Voyez : la neige tombe et la terre est glacée.
J'ai froid : le vent se lève et l'heure est avancée,
Et je n'ai rien pour me couvrir.

« Tandis qu'en vos palais tout flatte votre envie,
A genoux sur le seuil j'y pleure bien souvent.
Donnez, peu me suffit ; je ne suis qu'un enfant ;
Un petit sou me rend la vie.

« On m'a dit qu'à Paris je trouverais du pain ;
Plusieurs ont raconté dans nos forêts lointaines
Qu'ici le riche aidait le pauvre dans ses peines ;
Eh bien ! moi, je suis pauvre et je vous tends la main.

« Faites-moi gagner mon salaire :
Où me faut-il courir ? Dites, j'y volerai.
Ma voix tremble de froid ; eh bien ! je chanterai.
Si mes chansons peuvent vous plaire.

« Il ne m'écoute pas, il fuit ;
Il court dans une fête (et j'en entends le bruit),
Finir son heureuse journée ;
Et moi je vais chercher, pour y passer la nuit,
Cette guérite abandonnée.

« Au foyer paternel quand pourrai-je m'asseoir ?
Rendez-moi ma pauvre chaumière,
Le laitage durci qu'on partageait le soir,
Et, quand la nuit tombait, l'heure de la prière
Qui ne s'achevait pas sans laisser quelque espoir.

« Ma mère, tu m'as dit, quand j'ai fui ta demeure :
Pars, grandis et prospère, et reviens près de moi...
Hélas ! et tout petit faudra-t-il que je meure
Sans avoir rien gagné pour toi ?

« Non, l'on ne meurt point à mon âge ;
Quelque chose me dit de reprendre courage...

Eh ! que sert d'espérer ?... que puis-je attendre enfin?
J'avais une marmotte, elle est morte de faim. »

Et faible, sur la terre il reposait sa tête :
Et la neige, en tombant, le couvrait à demi,
Lorsqu'une douce voix, à travers la tempête,
Vint réveiller l'enfant par le froid endormi :

« Qu'il vienne à nous celui qui pleure,
Disait la voix mêlée au murmure des vents ;
L'heure du péril est notre heure ;
Les orphelins sont nos enfants. »

Et deux femmes en deuil recueillaient sa misère.
Lui, docile et confus, se levait à leur voix ;
Il s'étonnait d'abord ; mais il vit dans leurs doigts
Briller la croix d'argent au bout du long rosaire ;
Et l'enfant les suivit, en se signant deux fois.

CHANT TROISIÈME

LE RETOUR

Avec leurs grands sommets, leurs glaces éternelles,
Par un soleil d'été, que les Alpes sont belles !
Tout, dans leurs frais vallons, sert à nous enchanter :
La verdure, les eaux, les bois, les fleurs nouvelles.
Heureux qui sur ces bords peut longtemps s'arrêter !
Heureux qui les revoit, s'il a pu les quitter !

Quel est ce voyageur que l'été leur renvoie ?
Seul, loin dans la vallée, un bâton à la main ;
C'est un enfant ; il marche, il suit le long chemin
Qui va de France à la Savoie.

Bientôt de la colline il prend l'étroit sentier :
Il a mis ce matin la bure du dimanche,
Et dans son sac de toile blanche
Est un pain de froment qu'il garde tout entier.

Pourquoi tant se hâter à sa course dernière ?
C'est que le pauvre enfant veut gravir le coteau,

Et ne point s'arrêter qu'il n'ait vu son hameau
Et n'ait reconnu sa chaumière.

Les voilà... tels encor qu'il les a vus toujours,
Ces grands bois, ce ruisseau qui fuit sous le feuillage!
Il ne se souvient plus qu'il a marché dix jours :
Il est si près de son village !

Tout joyeux, il arrive et regarde... Mais quoi ?
Personne ne l'attend ! sa chaumière est fermée ;
Pourtant du toit aigu sort un peu de fumée ;
Et l'enfant plein de trouble : Ouvrez, dit-il, c'est moi.

La porte cède, il entre, et sa mère attendrie,
Sa mère qu'un long mal près du foyer retient,
Se relève à moitié, tend les bras et s'écrie :
« N'est-ce pas mon fils qui revient ? »

Son fils est dans ses bras, qui pleure et qui l'appelle :
« Je suis infirme, hélas ! Dieu m'afflige, dit-elle,
Et depuis quelques jours je te l'ai fait savoir,
Car je ne voulais pas mourir sans te revoir. »

Mais lui : « De votre enfant vous étiez éloignée,
Le voilà qui revient, ayez des jours contents ;
Vivez : je suis grandi, vous serez bien soignée :
Nous sommes riches pour longtemps. »

Et les mains de l'enfant des siennes détachées,
Jetaient sur ses genoux tout ce qu'il possédait,
Les trois pièces d'argent dans sa veste cachées,
Et le pain de froment que pour elle il gardait.

Sa mère l'embrassait et respirait à peine,
Et son œil se fixait, de larmes obscurci,
Sur un grand crucifix de chêne,
Suspendu devant elle et par le temps noirci.

« C'est lui, je le savais, le Dieu des pauvres mères
Et des petits enfants, qui du mien a pris soin,
Lui qui me consolait, quand mes plaintes amères
Appelaient mon fils de si loin.

« C'est le Christ du foyer, que les mères implorent,
Qui sauve nos enfants du froid et de la faim ;
Nous gardons nos agneaux et les loups les dévorent :
Nos fils s'en vont tout seuls et reviennent enfin !

« Toi, mon fils, maintenant, me seras-tu fidèle ?
Ta pauvre mère infirme a besoin de secours :
Elle mourrait sans toi.» L'enfant à ce discours,
Grave et joignant les mains tombe à genoux près d'elle,
Disant : « Que le bon Dieu vous fasse de longs jours ! »

ALEXANDRE GUIRAUD.

DEUXIÈME PARTIE

FABLES

1. — La Renoncule et l'Œillet.

La Renoncule un jour dans un bouquet
Avec l'Œillet se trouva réunie :
Elle eut le lendemain le parfum de l'Œillet.
On ne peut que gagner en bonne compagnie.

BÉRENGER.

2. — Le Ver luisant et le Serpent.

Un ver luisant errait sous de vertes charmilles,
Un serpent s'en approche, et lui perce le sein.
« Que t'ai-je fait ? dit-il au perfide assassin.
— Tu brilles. »

LAYET.

3. — La Robe de l'Innocence.

Ayant perdu sa robe, on dit que l'Innocence
En vain pour la chercher courut chez le Plaisir,
Chez la Fortune et la Puissance :
Qui la lui rapporta ? — Ce fut le Repentir.

LACHAMBEAUDIE.

4. — Les Oranges.

Un jeune enfant dans un tiroir
Mit au milieu d'oranges fort jolies,
Une orange gâtée. En revenant les voir,
Il les trouva toutes pourries.

Jeunes amis, voulez-vous rester bons ?
Fuyez, fuyez les mauvais compagnons.

J. M. Villefranche.

5. — Les premières Bottes.

« Me voilà donc un homme fait !
Me voilà grand, grand tout à fait !
J'ai des bottes. Sont-elles belles !
Et des talons et des semelles !
Quel bonheur ! je puis maintenant
Faire aussi du bruit en marchant. »

Faire du bruit ! le rêve est médiocre, en somme ;
On peut y réussir et n'être qu'un brigand.
Marcher droit comme un honnête homme,
Voilà ce qui fait qu'on est grand.

X...

6. — L'Alouette.

Le jour vient de paraître. Ecoutez l'alouette ;
Elle monte, elle monte et, de sa chansonnette,
Va saluer d'abord le soleil dans les cieux ;
Ensuite elle revient picorer sur la terre.

Ainsi l'enfant pieux
Commence sa journée en faisant sa prière.

J. M. Villefranche.

7. — L'Epi stérile et le Tonneau vide.

« Tandis que tous ces grains, qu'on coupera bientôt,
Inclinent leurs fronts vers la terre,
D'où vient que celui-ci s'élève encor si haut ?
— C'est qu'il n'a pas de grain dans sa tête légère. »

Ce tonneau qu'au pressoir le vigneron conduit,
En le poussant d'un pied rapide,
Pourquoi donc fait-il tant de bruit ?
— Mon bon ami, c'est qu'il est vide. »

L. A. BOURGUIN.

8. — Le Pinson et la Pie.

Apprends-moi donc une chanson,
Demandait la bavarde pie
A l'agréable et gai pinson,
Qui chantait au printemps sur l'épine fleurie.
— Allez, vous vous moquez ma mie ;
A gens de votre espèce, ah ! je gagerais bien
Que jamais on n'apprendra rien.
— Eh quoi ! la raison, je te prie ?
— Mais c'est que, pour s'instruire et savoir bien chanter,
Il faudrait savoir écouter,
Et babillard n'écouta de sa vie.

Mme DE LA FÉRANDIÈRE.

9. — La Leçon de la Fleur.

*(Voir 3e année de l'*Ecole et la Famille, *page 176* [1].)

« Prends garde ! éloigne-toi de cette fleur que j'aime ;
Si tu me l'effeuillais, j'en aurais du chagrin,
Et puis, mon cher petit Paulin,
Tu pourrais te piquer toi-même. »
Ainsi parlait de loin la mère avec douceur ;
Elle brodait sous la charmille,
Mais laissait bien souvent s'arrêter son aiguille,
Pour surveiller l'enfant du regard et du cœur.
Paulin disait tout bas : « La chose est-elle vraie ?
Une fleur me piquer, c'est fort !
Si c'était une abeille, encor.
Je ne suis pas un marmot qu'on effraie,

---

(1) Ces numéros indiquent l'année et la page de l'*Ecole et la Famille*, où ces fables sont expliquées.

Et je vais essayer d'abord. »
Or, la fraîche fleur purpurine
Se balançait au bout d'un rameau d'églantier.
Ce qu'il advint, on le devine :
En s'élançant pour le faire plier,
L'enfant déchire son visage
Aux longs piquants voilés sous le feuillage...
Il ne jeta pas un seul cri,
Par orgueil, espérant cacher son aventure ;
Mais comment cacher sa figure,
Où l'églantier avait écrit :
« Qu'il s'agisse ou non d'églantine
La désobéissance a toujours une épine ! »

SOPHIE HÜE.

10. — Le Dromadaire et le Singe.

(3e année, page 188.)

« Si tu voulais, mon ami, mon compère,
Me souffrir un peu sur ton dos,
Disait un jeune singe à certain dromadaire
Qui partageait sa gloire ainsi que ses travaux,
Ce serait charge bien légère,
Et j'arriverais plus dispos. »
Le dromadaire a l'âme bonne,
Il s'y prête sans hésiter,
Et maître Bertrand se cramponne
Si bien, de çà, de là, qu'il parvient à monter.
Ensuite que fait-il ? Vraiment on le devine :
Dominé par son mauvais cœur,
Sans cesse il déchire, il lutine
Son trop généreux bienfaiteur.
Celui-ci ne dit mot, mais enfin il se lasse,
Et de l'ingrat se débarrasse.
De la tête, à l'instant, l'odieux sapajou
S'en va donner contre un caillou,
Et le caillou la lui fracasse.

Hommes, n'imitez pas Bertrand.
Si vous foulez aux pieds toute reconnaissance,
Un semblable sort vous attend :
L'ingratitude enfin lasse la bienfaisance.

STASSART.

11. — Azor et Pataud.

Pataud est un bon chien de garde;
Mais il grogne toujours et de travers regarde;
Chacun s'écarte en passant près de lui.
Azor, chien de salon, ne sait qu'offrir la patte
Et cependant on l'appelle, on le flatte.
Pourquoi cela? C'est qu'Azor est poli.

La politesse, enfants, rend tout aimable,
Elle est l'extérieur d'une âme charitable;
Si vous êtes bons en dedans,
Soyez-le donc en même temps
Par le dehors: « Bonjour, Monsieur; bonsoir, grand'père;
Merci, Madame; adieu, grand'mère;
Chère marraine, avez-vous bien dormi? »
Voilà de petits mots qui ne vous coûtent guère,
Enfants, et qui pourtant vous font plus d'un ami.

J.-M. VILLEFRANCHE.

12. — L'Égoïste.

Sans amis comme sans famille,
Ici-bas vivre en étranger;
Se retirer dans sa coquille
Au signal du moindre danger;
S'aimer d'une amitié sans bornes;
De soi seul emplir sa maison;
En sortir suivant la saison,
Pour faire à son prochain les cornes ;
Signaler ses pas destructeurs
Par les traces les plus impures;

Outrager les plus tendres fleurs
Par ses baisers ou ses morsures;
Enfin chez soi, comme en prison,
Vieillir de jour en jour plus triste,
C'est l'histoire de l'Égoïste,
Et celle du colimaçon.

ARNAULT.

13. — L'Homme et la Marmotte.

La marmotte venait de finir son long somme;
Sommeil de six mois seulement.
« N'as-tu pas honte, lui dit l'homme,
De dormir si profondément?
— Tu n'en parles que par envie,
Répondit la marmotte, et tu me fais pitié;
J'aimerais mieux dormir durant toute ma vie,
Que d'en perdre au plaisir, comme toi, la moitié.

CH. ETIENNE PESSELIER.

14. — Le Chêne et le Roseau.

(3e année, page 199.)

Le chêne un jour dit au roseau :
« Vous avez bien sujet d'accuser la nature;
Un roitelet pour vous est un pesant fardeau :
Le moindre vent qui, d'aventure,
Fait rider la face de l'eau,
Vous oblige à baisser la tête;
Cependant que mon front, au Caucase pareil,
Non content d'arrêter les rayons du soleil,
Brave l'effort de la tempête.
Tout vous est aquilon, tout me semble zéphyr.
Encore si vous naissiez à l'abri du feuillage
Dont je couvre le voisinage,
Vous n'auriez pas tant à souffrir;
Je vous défendrais de l'orage :
Mais vous naissez le plus souvent
Sur les humides bords du royaume du vent.

La nature envers vous me semble bien injuste.
— Votre compassion, lui répondit l'arbuste,
Part d'un bon naturel; mais quittez ce souci :
Les vents me sont moins qu'à vous redoutables;
Je plie, et ne romps pas. Vous avez jusqu'ici,
Contre leurs coups épouvantables,
Résisté sans courber le dos;
Mais attendons la fin. » Comme il disait ces mots,
Du bout de l'horizon accourt avec furie
Le plus terrible des enfants
Que le Nord eût portés jusque-là dans ses flancs.
L'arbre tient bon; le roseau plie.
Le vent redouble ses efforts,
Et fait si bien qu'il déracine
Celui de qui la tête au ciel était voisine,
Et dont les pieds touchaient à l'empire des morts.

LA FONTAINE.

15. — La Grenouille et le Bœuf.

(3e année, page 213.)

Une grenouille vit un bœuf
Qui lui sembla de belle taille.
Elle, qui n'était pas grosse en tout comme un œuf,
Envieuse, s'étend et s'enfle, et se travaille
Pour égaler l'animal en grosseur,
Disant : « Regardez bien, ma sœur,
Est-ce assez? dites-moi; n'y suis-je point encore?
— Nenni. — M'y voici donc? — Point du tout. — M'y voilà?
— Vous n'en approchez point. » La chétive pécore
S'enfla si bien qu'elle creva.

Le monde est plein de gens qui ne sont pas plus sages;
Tout bourgeois veut bâtir comme les grands seigneurs;
Tout petit prince a des ambassadeurs;
Tout marquis veut avoir des pages.

LA FONTAINE.

16. — La Bonbonnière.

A la discrétion de ses petits enfants,
Sur sa table, une bonne mère
Avait laissé sa bonbonnière.
Doit-on ainsi tenter les gens?
L'un d'eux y puise sans scrupule;
Le bambin croque à belles dents;
Mais que prend-il? Une pilule.
Bientôt un petit mal au cœur...

Le larcin est clair... Tout l'annonce.
Le lit, la diète, la semonce,
Vont punir le petit voleur.

La friandise est souvent corrigée.
Gardons-nous de l'esprit malin:
Il nous présente la dragée,
Et nous donne du chicotin.

Du Tremblay.

17. — L'Enfant et sa Mère.

Vous m'avez dit souvent, maman, qu'auprès de nous
Toujours un ange est à genoux;
Seul il doit s'ennuyer en mon cœur solitaire.
— Il bénit le Seigneur et nous porte à bien faire,
Pour nous il prie incessamment,
Et quand l'enfant rebelle au péché s'abandonne,
Et brise fleur à fleur sa céleste couronne,
Il voile son visage et pleure doucement.
— Ah! mon Dieu, maman, quel martyre!
Je promets désormais de vivre sagement,
Et tellement
Que je le ferai toujours rire.

Abel Fabre.

18. — Le Renard et le Bouc.

(*3e année, page 224.*)

Capitaine renard allait de compagnie
Avec son ami bouc des plus hauts encornés;

Celui-ci ne voyait pas plus loin que son nez ;
L'autre était passé maître en fait de tromperie.
La soif les obligea de descendre en un puits :
    Là, chacun d'eux se désaltère.
Après qu'abondamment tous deux en eurent pris,
Le renard dit au bouc ; « Que ferons-nous, compère ?
Ce n'est pas tout de boire, il faut sortir d'ici.
Lève tes pieds en haut, et tes cornes aussi ;
Mets-les contre le mur : le long de ton échine
    Je grimperai premièrement :
    Puis sur tes cornes m'élevant,
    A l'aide de cette machine,
    De ce lieu-ci je sortirai.
    Après quoi je t'en tirerai ;
— Par ma barbe ! dit l'autre, il est bon ; et je loue
    Les gens bien sensés comme toi.
    Je n'aurais jamais, quant à moi,
    Trouvé ce secret, je l'avoue. »
Le renard sort du puits, laisse son compagnon,
    Et vous lui fait un beau sermon
    Pour l'exhorter à patience :
« Si le ciel t'eût, dit-il, donné par excellence
Autant de jugement que de barbe au menton,
    Tu n'aurais pas à la légère,
Descendu dans ce puits. Or, adieu, j'en suis hors :
Tâche de t'en tirer, et fais tous tes efforts ;
    Car, pour moi, j'ai certaine affaire
Qui ne me permet pas d'arrêter en chemin. »
En toute chose il faut considérer la fin.

La Fontaine.

19. — Sous un Buisson fleuri.

Ils étaient là tous cinq, la sœur, les quatre frères.
    Assis sous un buisson fleuri.
    Ils avaient bien couru, bien ri,
Et causaient un moment, perdus dans les fougères.

Quelque peu fatigués, mais charmants, mais joyeux,
Chacun cherchait ce qu'il aimait le mieux :
« Moi, ce sont les pantins, fit l'aîné d'un air grave.
— Moi les fusils, je suis très-brave.
— Moi, les livres! dit le petit,
Savant qui depuis hier épelle.
— Moi, les fraises sans contredit!
A toi de parler, Gabrielle,
— Moi, fit-elle, c'est étonnant,
Attends un peu.., je ne sais guère...
Oh! si! je sais bien maintenant,
C'est un baiser de notre mère. »

Sophie Hüe.

20. — Le Corbeau et le Renard.

(3e année, page 236.)

Maître corbeau, sur un arbre perché,
Tenait en son bec un fromage,
Maître renard, par l'odeur alléché,
Lui tint à peu près ce langage:
Hé! bonjour, monsieur du corbeau,
Que vous êtes joli! que vous me semblez beau!
Sans mentir, si votre ramage
Se rapporte à votre plumage,
Vous êtes le phénix des hôtes de ces bois.
A ces mots le corbeau ne se sent plus de joie,
Et pour montrer sa belle voix,
Il ouvre un large bec, laisse tomber sa proie.
Le renard s'en saisit et dit : *Mon bon monsieur,*
Apprenez que tout flatteur
Vit aux dépens de celui qui l'écoute:
Cette leçon vaut bien un fromage, sans doute.
Le corbeau, honteux et confus,
Jura, mais un peu tard, qu'on l'y prendrait plus.

La Fontaine.

21. — Le Pater.

On ne s'arrête pas en disant sa prière:
Voyons! ne reste pas cette fois en arrière ;
Recommence avec moi le *Pater*, et dis bien:
« Donne-nous !
— Donne-nous...
—Le pain quotidien.
— Le pain...
—Eh bien! encor! pourquoi donc cette pause?
Et pourquoi marmotter tout bas,
De ces mots que je n'entends pas?
— Chère maman, voici la chose:
Je priais le bon Dieu, car le pain est bien sec,
De nous donner toujours un peu de beurre avec. »

RATISBONNE.

22. — Le danseur de corde et le balancier

(3me année, page 248.)

Sur la corde tendue un jeune voyageur
Apprenait à danser; et déjà son adresse,
Ses tours de force, de souplesse,
Faisaient venir maint spectateur.
Sur son étroit chemin, on le voit qui s'avance,
Le balancier en main, l'air libre, le corps droit,
Hardi, léger autant qu'adroit.
Il s'élève, descend, va, vient, plus haut s'élance,
Retombe, remonte en cadence,
Et, semblable à certains oiseaux
Qui rasent en volant la surface des eaux,
Son pied touche, sans qu'on le voie,
A la corde qui plie, et dans l'air le renvoie.
Notre jeune danseur, tout fier de son talent,
Dit un jour ; « A quoi bon ce balancier pesant,
Qui me fatigue et m'embarrasse?
Si je dansais sans lui, j'aurais bien plus de grâce,
De force et de légèreté. »
Aussitôt fait que dit. Le balancier jeté.

Notre étourdi chancelle, étend les bras et tombe,
Il se casse le nez, et tout le monde en rit.
Jeunes gens, jeunes gens, ne vous a-t-on pas dit
Que sans règle et sans frein, tôt ou tard on succombe?
La vertu, la raison, les lois, l'autorité,
Dans vos désirs fougueux vous causent quelque peine;
C'est le balancier qui vous gêne,
Mais qui fait votre sûreté.

FLORIAN.

23. — Attends-moi.

« Ma sœur, ne t'en va pas si vite,
S'écriait Emile ; attends-moi !
— Oui, mais alors dépêche-toi ;
Si tu veux que j'attende, arrive tout de suite ! »
De cette façon-là, je sais beaucoup de gens,
Petits et grands, fort obligeants.
Voilà quelle est leur théorie :
Sans frais aucuns, faire le bien.
Je vous obligerai ; seulement je vous prie,
Ne m'obligez à rien.

L. RATISBONNE.

24. — Le Cèdre et le Buisson

(3me année, page 260.)

Sur un sommet désert où sifflait l'aquilon,
Au pied d'un cèdre altier fleurissait un buisson.
Plein d'amertume et de furie
L'arbuste nain un jour s'écrie,
En regardant son protecteur :
— Puisse bientôt la hache aiguë
Faire descendre de la nue
Ce majestueux oppresseur !
Sa puissance orgueilleuse insulte à ma faiblesse,
Sa taille et sa grosseur, tout m'irrite et me blesse. »
Ainsi dit-il, car dans son sein,
L'aveugle jalousie a glissé son venin.

Huit jours après vient le propriétaire.
Les bras nus et le fer en main,
Il regarde, il admire et se résigne enfin
A frapper l'arbre séculaire ;
Non sans pleurs : le besoin est le tyran des cœurs ;
Ainsi que le foyer, le champ a ses douceurs.
— « Vive Dieu ! voilà mon affaire,
Murmure le buisson tout bas ;
A qui brava la foudre on porte le trépas ;
Eh bien ! meurs ! » Il se tut, car atteint dans sa base,
Le cèdre crie, éclate et tombe avec fracas
Sur le buisson nain qu'il écrase.

ABEL FABRE.

25. — **La meilleure part.**

« Pour vous, disait la mère à deux belles petites
Qui jouaient, sous les clématites,
Avec le sable du jardin,
Pour vous, mes deux amours, m'arrive de Pékin,
La capitale de la Chine,
Dans cette caisse de satin,
Une poupée en Mandarine.
Rien qu'une, hélas ! c'est très-fâcheux,
Pas moyen de la mettre en deux ;
Je m'en vais faire autrement le partage :
L'une aura la poupée, et l'autre avec courage
Devant se contenter de *rien*,
Je l'embrasserai tant, si longtemps, et si bien
Que je consolerai sa peine, je l'espère.
Choisis, toi, la plus grande, et parle la première. »
Irène, rouge d'embarras,
Regardait la poupée et ne répondait pas.
« Moi, je choisis, s'écrie alors Clémence
Qui dans les bras de sa mère s'élance,
Je choisis, et je choisis bien :
Moi, je prends... *rien*.

Sophie HÜE.

26. — L'Enfant et le petit Ecu.

Possesseur d'un petit écu,
Un enfant se croyait le plus riche du monde,
Le voilà qui fait voir son trésor à la ronde;
En criant gaîment : « J'ai bien lu!
— A merveille, lui dit un sage,
C'est le prix du savoir que vous avez reçu,
Du savoir tel qu'on peut le montrer à votre âge;
Mais voulez-vous être heureux davantage?
Aspirez, mon enfant, au prix de la vertu :
Vous l'aurez, quand des biens vous saurez faire usage. »
L'enfant entendit ce langage,
L'écu, d'après son cœur et sensible et bien né,
A rapporter le double est soudain destiné;
Avec le pauvre il le partage.

AUBERT.

27. — La Cigale et la Fourmi.

(3e année, page 271.)

La cigale ayant chanté
Tout l'été,
Se trouva fort dépourvue
Quand la bise fut venue.
Pas un seul petit morceau
De mouche ou de vermisseau :
Elle alla crier famine
Chez la fourmi sa voisine,
La priant de lui prêter
Quelques grains pour subsister
Jusqu'à la saison nouvelle.
— Je vous paierai, lui dit-elle,
Avant l'août, foi d'animal,
Intérêt et principal.
La fourmi n'est pas prêteuse,
C'est là son moindre défaut.
— Que faisiez-vous au temps chaud,

— Dit-elle à cette emprunteuse ?
— Nuit et jour à tout venant,
— Je chantais, ne vous déplaise,
— Vous chantiez, j'en suis fort aise!
Eh bien! dansez maintenant.

LA FONTAINE.

28. L'Enfant et le Chat.

Tout en se promenant, un bambin déjeunait
De la galette qu'il tenait.
Attiré par l'odeur, un chat vient, le caresse,
Fait le gros dos, tourne et vers lui se dresse.
« Oh ! le joli minet !... » Et le marmot charmé
Partage avec celui dont il se croit aimé.
Mais le flatteur à peine obtient ce qu'il désire,
Qu'au loin il se retire.
« Ha! ha! ce n'est pas moi, dit l'enfant consterné,
Que tu suivais; c'était mon déjeuné. »

GUICHARD.

29. — La Balançoire.

(3e année, page 283.)

Un joli moucheron, qui commençait à peine
A voltiger d'un vol peu sûr,
En s'en revenant de la plaine
Vit un objet nouveau, dans l'angle d'un vieux mur,
Une toile qui se déploie,
Et flotte au vent, légèrement,
Comme un petit hamac de soie.
« Pour me reposer un moment,
Voilà mon fait, dit-il; la charmante surprise!
Je ne suis pas comme l'oiseau
Que j'ai vu, ce matin, sortir de son berceau :
Il ne faisait rien à sa guise ;
Sa mère le suivait, même jusqu'en ses jeux,
D'ici, de là, partout, du nid à la fougère :

On est contrarié toujours par une mère ;
Je n'en ai pas : ce n'est pas malheureux.
Que cette balançoire est fine et bien soignée !
Donnons de l'aile!... » Il va donner
Dans la toile de l'araignée,
Laquelle en fit son déjeuner.

Sophie HÜE.

30. — Le Pèlerin et le Mendiant.

Quoique pieds nus et couchant sur la dure,
Disait un pauvre pèlerin,
Je veux poursuivre mon chemin
Sans adresser au ciel ni plainte ni murmure.
En passant sur un pont il vit un mendiant
Qui, sans relâche et tour à tour priant,
Notre Sauveur et sa mère Marie,
En montrant sa jambe meurtrie,
Criait : « Prenez pitié de ce pauvre affligé ;
Vous voyez que le sort ne l'a pas ménagé :
Dans la plus affreuse bataille,
Son pied fut emporté par un coup de mitraille. »
Ceci fit répéter au pauvre pèlerin :
« Je veux poursuivre mon chemin
Sans adresser au ciel ni plainte ni murmure ;
On est plus malheureux sans pieds que sans chaussure.

NIOCHE.

31. — Les Cygnes.

Au milieu d'un gazon, verte et fraîche corbeille,
Deux cygnes s'ébattaient sur une pièce d'eau ;
Et la jeune enfant du château,
Qui de leur beauté s'émerveille,
Y venait tous les jours guetter les blancs oiseaux,
Nageurs en liberté, sans cage ni réseaux.
Comme elle aurait voulu, la charmante petite,
Faire avec eux connaissance bien vite,

Les caresser, toucher leur fin duvet !
Mais, hélas ! dès qu'elle arrivait,
Les cygnes, effarés, s'enfuyaient tout de suite.
Isabelle en prit du chagrin,
Et d'autant plus que Mathurin,
Le petit pâtre, était plus heureux qu'elle ;
Ils venaient manger dans sa main.
Un jour, la mère d'Isabelle,
En la voyant triste auprès du bassin,
Interrogea la pauvre délaissée,
Qui pleurait la tête baissée :
« Ne les aurais-tu pas tourmentés à dessein,
Tout d'abord, ou grondés, menacés d'une pierre ?
La colère est, tu sais, mauvaise conseillère.
— Je leur parle toujours de ma plus douce voix.
— Leur as-tu de ton sucre apporté quelquefois ?
— Non; mais je suis pour eux la bonté même.
Je leur dis : Je vous aime et les appelle en vain ;
Ils n'écoutent que Mathurin.
—C'est qu'il ne leur dit pas seulement: Je vous aime,
Il leur donne encor de son pain. »

Sophie Hüe

32. — L'Ane et le Fanfaron.

(4me année, page 295.)

Connaissez-vous le jardinier Babet ?
De la ville prochaine arrivait son baudet,
Léger, pimpant et guilleret.
Un jeune homme de haut parage,
Folâtre et bizarre en ses goûts,
Saute en bas de son équipage
Et monte sur le porte-choux.
Voilà notre homme fier: la farce était si belle!
« Eh! messire baudet, comment on vous appelle ?
S'écria notre fanfaron,
En frappant maitre Aliboron. »

5

Aliboron se dresse avec colère
Et sur le sol vous l'étend sans quartier,
Puis se sauve en disant: « Mon ami cavalier,
Je m'appelle Jean Flanquaterre. »

Ce fanfaron puni nous prouve à ses dépens
Comment un grand esprit en riant du vulgaire,
Manquant de charité, peut manquer de bons sens.

Abel Fabre.

33. — Le Singe devenu barbier.

Un certain Fagotin, vieux singe d'Amérique,
Exerçait au sein d'un quartier
L'état modeste de barbier.
Debout au seuil de sa boutique,
Il criait aux passants d'une voix emphatique :
« Entrez, Messieurs, je fais la barbe à bon marché.»
Attiré par le prix modique,
Un bouc entre: au fauteuil on l'a vite attaché;
On vous le lie, on le garotte,
On vous le râcle, on vous le frotte,
C'est plaisir; oh! non, c'est pitié.
Le malheureux supplicié
Faisant une horrible grimace,
Du regard semblait crier : Grâce.
« Pas de grâce, » dit Fagotin,
Et, terminant d'un coup cette œuvre interminable,
Il allume une torche et la place soudain
Sous la barbe du pauvre diable!
Le poil brûle aussitôt, et brûle tant qu'enfin
Il n'en reste au menton pas plus que sur ma main.
Alors sans se plaindre et rien dire,
Le bouc, ayant payé, tristement se retire,
En murmurant ces mots ne datant pas d'hier :
« Le bon marché toujours est cher. »

Abel Fabre.

34. — Le Grillon.

(4me année, page 305.)

Un pauvre petit grillon.
Caché dans l'herbe fleurie,
Regardait un papillon
Voltigeant dans la prairie.
L'insecte ailé brillait des plus vives couleurs,
L'azur, la pourpre et l'or éclataient sur ses ailes ;
Jeune, beau, petit-maitre, il court de fleurs en fleurs,
Prenant et quittant les plus belles.
Ah! disait le grillon, que son sort et le mien
Sont différents! Dame nature
Pour lui fit tout et pour moi rien.
Je n'ai point de talent, encor moins de figure ;
Nul ne prend garde à moi, l'on m'ignore ici-bas :
Autant vaudrait n'exister pas.
Comme il parlait, dans la prairie
Arrive une troupe d'enfants:
Aussitôt les voilà courants
Après ce papillon dont ils ont tous envie.
Chapeaux, mouchoirs, bonnets, servent à l'attraper.
L'insecte vainement cherche à leur échapper,
Il devient bientôt leur conquête.
L'un le saisit par l'aile, un autre par le corps;
Un troisième survient, et le prend par la tête:
Il ne fallait pas tant d'efforts
Pour déchirer la pauvre bête.
Oh! oh! dit le grillon, je ne suis plus fâché;
Il en coûte trop cher pour briller dans le monde.
Combien je vais aimer ma retraite profonde !
Pour vivre heureux, vivons caché.

FLORIAN.

35. — La Mère, l'Enfant et les Sarigues.

(4e année, page 320.)

Maman, disait un jour à la plus tendre mère
Un enfant péruvien sur ses genoux assis,

Quel est cet animal, qui dans cette bruyère,
Se promène avec ses petits?
Il ressemble au renard. Mon fils, répondit-elle,
Du sarigue, c'est la femelle :
Nulle mère pour ses enfants
N'eut jamais plus d'amour, plus de soins vigilants.
La nature a voulu seconder sa tendresse,
Et lui fit près de l'estomac
Une poche profonde, une espèce de sac,
Où ses petits, quand un danger les presse,
Vont mettre à couvert leur faiblesse.
Fais du bruit, tu verras ce qu'ils vont devenir.
L'enfant frappe des mains, la sarigue attentive
Se dresse et d'une voix plaintive
Jette un cri ; les petits aussitôt d'accourir,
Et de s'élancer vers la mère,
En cherchant dans son sein leur retraite ordinaire.
La poche s'ouvre, les petits
En un instant y sont blottis.
Ils disparaissent tous ; la mère avec vitesse
S'enfuit emportant sa richesse.
La Péruvienne alors dit à l'enfant surpris :
Si jamais le sort t'est contraire
Souviens-toi du sarigue, imite-le, mon fils ;
L'asile le plus sûr est le sein d'une mère.

FORIAN.

36. — La Vigne et le Vigneron.

Le vigneron taillait la vigne.
Coupant, tranchant, jetant branche sur branche à bas,
Il semblait la traiter d une manière indigne.
Si le cep mutilé ne se défendait pas,
C est qu'il n'avait nul moyen de le faire.
Il protestait à sa manière,
Pleurant, pleurant tant qu'il pouvait ;
Ses larmes coulaient jusqu'à terre :
« Homme cruel, que vous ai-je donc fait,

Que mes tourments pour vous aient tant de charmes?
Vous m'aimez, dites-vous ; vous m'arrachez des larmes!
— Si je ne t'aimais pas, répond le vigneron,
Je t'abandonnerais, sans soin et sans culture,
Aux caprices de la nature;
Mais que deviendrais-tu? Bien vite un sauvageon.
Non, il faut qu'on t'émonde, il faut qu'on te dirige,
Que ta sève obéisse et par moins de canaux
Coure et s'épanche en fleurs le long de tes rameaux.
C'est ainsi qu'une jeune tige
Porte les fruits les meilleurs, les plus beaux.
Tu me remercieras quelque jour de ma peine. »

La vigne, c'est vous, mes enfants,
Aimez la règle qui vous gêne :
Aimez vos maîtres, vos parents
Jusqu'en leur sévérité même;
Car, si l'on vous corrige, enfants, c'est qu'on vous aime.

J.-M. VILLEFRANCHE.

37. — Le Bouton de Rose.

« Mère, vous savez bien ce beau bouton de rose,
Odorant, velouté, vermeil,
Que j'allais chaque jour guetter à mon réveil,
En attendant que la fleur fût éclose?
Il ne s'ouvrira pas! Dedans s'était blotti
Un ver, mais un ver tout petit,
Qui n'avait pas l'air de grand'chose;
Eh bien! il a mordu, souillé
Le calice à faire pitié.
N'est-ce pas que c'est bien étrange? »
— Hélas! non, mon cher petit ange!
C'est souvent ainsi chez les fleurs,
Même ailleurs;
Car ces méchants vers-là sont de plus d'une espèce:
Certains défauts logés dans le cœur des enfants
Font des ravages aussi grands,

5.

Et tu vois ce que leur dent laisse.
L'enfant dit : « Je veux sur-le-champ
Devenir bon ; si je m'expose
A t'affliger encor d'un caprice méchant,
Parle-moi du bouton de rose. »

SOPHIE HÜE.

38. — La Besace.

(1e année, page 330.)

Jupiter dit un jour : « Que tout ce qui respire
S'en vienne comparaître aux pieds de ma grandeur.
Si dans son composé quelqu'un trouve à redire,
Il peut le déclarer sans peur :
Je mettrai remède à la chose.
Venez, singe ; parlez le premier, et pour cause :
Voyez ces animaux, faites comparaison
De leurs beautés avec les vôtres.
Êtes-vous satisfait? — Moi, dit-il ; pourquoi non?
N'ai-je pas quatre pieds aussi bien que les autres?
Mon portrait jusqu'ici ne m'a rien reproché ;
Mais pour mon frère l'ours, on ne l'a qu'ébauché :
Jamais, s'il veut me croire, il ne se fera peindre. »
L'ours venant là dessus, on crut qu'il s'allait plaindre ;
Tant s'en faut : de sa forme il se loua très-fort,
Glosa sur l'éléphant, dit qu'on pourrait encor
Ajouter à sa queue, ôter à ses oreilles ;
Que c'était une masse informe et sans beauté.
L'éléphant étant écouté,
Tout sage qu'il était, dit des choses pareilles :
Il jugea qu'à son appétit
Dame baleine était trop grosse.
Dame fourmi trouva le ciron trop petit,
Se croyant pour elle un colosse.
Jupin les renvoya s'étant censurés tous,
Du reste, contents d'eux. Mais parmi les plus fous
Notre espèce excella, car tout ce que nous sommes,

Lynx envers nos pareils, et taupes envers nous,
Nous nous pardonnons tout, et rien aux autres hommes;
On se voit d'un autre œil qu'on ne voit son prochain.
Le fabricateur souverain
Nous créa besaciers tous de même manière,
Tant ceux du temps passé que du temps d'aujourd'hui;
Il fit pour nos défauts la poche de derrière,
Et celle de devant pour les défauts d'autrui.

LA FONTAINE.

39. — La Guenon, le Singe et la Noix.

(4me année, page 342.)

Une jeune guenon cueillit
Une noix dans sa coque verte.
Elle y porte la dent, fait la grimace... Ah ! certe!
Dit-elle, ma mère mentit
Quand elle m'assura que les noix étaient bonnes.
Puis, croyez aux discours de ces vieilles personnes
Qui trompent la jeunesse! Au diable soit le fruit!
Elle jette la noix. Un singe la ramasse;
Vite entre deux cailloux la casse,
L'épluche, la mange et lui dit:
Votre mère eut raison, ma mie,
Les noix ont fort bon goût, mais il faut les ouvrir.

Souvenez-vous que dans la vie,
Sans un peu de travail on n'a point de plaisir.

FLORIAN.

40. — Les Bergers.

(4me année, page 355.)

Guillot criait *au loup!* un jour par passe-temps:
Un tel crit mit l'alarme aux champs ;
Tous les bergers du voisinage
Coururent au secours; Guillot se moqua d'eux:

Ils s'en retournèrent honteux,
Pestant contre son badinage;
Mais rira bien qui rira le dernier.
Deux jours après, un loup avide de carnage,
Un véritable loup cervier,
Malgré notre berger et son chien, faisait rage
Et se ruait sur le troupeau.
Au loup ! s'écria-t-il, *au loup!* Tout le hameau
Rit à son tour: A d'autres, je vous prie,
Répondit-on; l'on ne nous y prend plus.
Guillot le goguenard, fit des cris superflus :
On crut que c'était fourberie.

Un menteur n'est point écouté,
Même en disant la vérité. RICHER.

41. — La Poule et les Poussins

Certaine poule favorite
Avec tous ses poussins courait en liberté;
Et la petite Marguerite,
— Charmant lutin un peu gâté, —
La trouvait vraiment trop sévère
Pour sa jeune famille aux innocents ébats ;
Car la poule ne souffrait pas
Qu'on s'éloignât, qu'on restât en arrière.
Pressant les paresseux, ralliant les mutins,
Il les lui fallait tous à l'abri sous son aile;
Et l'enfant se fâchait contre elle,
Tant et si bien qu'à la cruelle
Elle songe à faire un bon tour:
Doucement dans la basse-cour
L'attire, et, brusquement à point fermant la grille,
Malgré ses efforts et ses cris,
La sépare de ses petits.
La couvée à présent se débande, sautille
D'ici, de là, partout. Heureux petits oiseaux!
Chacun contente son caprice,

Tandis que la poule au supplice
A coups de bec attaque les barreaux,
En vain se hérisse et s'agite.
Comme elle riait, Marguerite!
C'était un tel amusement,
Qu'elle en veut procurer le plaisir à sa mère ;
Court la chercher avec empressement, —
Retrouve bien la poule prisonnière.
Mais les poussins, ciel ! où sont-ils?
On en découvrit deux noyés dans une jatte;
Deux autres et c'étaient hélas! les plus gentils, —
Avaient du chat senti la patte...
Marguerite pleurait. Sa mère avec bonté
Lui dit: « Profite au moins du chagrin qui t'oppresse!
Il n'est pas toujours bon, ma petite princesse,
Que poussins et qu'enfants fassent leur volonté. »

Sophie Hüe.

42. — Le Mouton.

« Allons, allons, vous vous moquez de moi!
Être sans cesse à la lisière,
Comme un enfant! le beau plaisir ma foi!
Il faut, au bout de tout, avoir l'âme un peu fière. »
Ainsi parlait un trop jeune mouton.
« Je suis dans l'âge de raison :
Qu'ai-je besoin qu'avec un ton de maître
On vienne me dire : allez-là ;
Buvez ceci, mangez cela?
Je sais ce qu'il me faut peut-être !
Voyez ce beau berger, son bâton à la main,
Planté là, toujours prêt à battre !
Sait-il mieux que nous le chemin ?
Qu'a-t-il de plus? deux pieds? moi j'en ai quatre.
Oh! c'est surtout ce maudit chien
Qui me chiffonne! Il ne se passe rien
Qu'il n'y fourre son nez. Sont-ce là ses affaires ?

De quoi se mêlent-ils tous deux? Ils sont plaisants!
Il faut laisser libres les gens.
Cette façon de vivre aussi ne me plait guères,
Et sûrement j'en changerai
Au plus tôt, ou je ne pourrai. »
En effet, un beau jour d'automne,
Il s'esquive dès le matin,
Sans prendre congé de personne :
Le voilà maitre du terrain,
Et Dieu sait lors comme il s'en donne !
De tous côtés il va broutant,
Gambadant, courant et trottant.
« Ah! bon ; je suis mon maitre, et si l'on m'y rattrape,
Que ce repas, dit-il, soit mon dernier repas.
Siffle, berger, et toi, chien jappe!
Je m'en moque à présent ; je ne vous entends pas. »
Comme il parlait encore, un loup survient, le happe,
Le charge sur son dos, et s'enfuit à grands pas.

X...

43. — Le Singe et le Chat.

Bertrand avec Raton, l'un singe et l'autre chat,
Commensaux d'un logis, avaient un commun maitre.
D'animaux malfaisants c'était un très-bon plat ;
Ils n'y craignaient tous deux aucun, quel qu'il pût être.
Trouvait-on quelque chose au logis de gâté,
On ne s'en prenait point aux gens du voisinage;
Bertrand dérobait tout ; Raton de son côté
Etait moins attentif aux souris qu'au fromage.
Un jour, au coin du feu, nos deux maitres fripons
Regardaient rôtir des marrons.
Les escroquer était une très-bonne affaire.
Nos galants y voyaient double profit à faire,
Leur bien premièrement, et puis le mal d'autrui.
Bertrand dit à Raton : Frère, il faut aujourd'hui
Que tu fasses un coup de maitre :

Tire-moi ces marrons. Si Dieu m'avait fait naitre
Propre à tirer marrons du feu,
Certes marrons verraient beau jeu.
Aussitôt fait que dit : Raton avec sa patte,
D'une manière délicate
Ecarte un peu la cendre, et retire les doigts;
Puis les reporte à plusieurs fois :
Tire un marron, puis deux, et puis trois en escroque;
Et cependant Bertrand les croque.
Une servante vient: adieu, mes gens, Raton
N'était pas content, ce dit-on.

La Fontaine.

44. — Le Baba.

Entre ses trois enfants, un jour un grand papa,
Le grand papa Gâteau partageait un baba.
« En veux-tu Madeleine? — Oui, dit-elle, grand-père,
Un peu. — Toi, Frédéric? Oh! moi, beaucoup, j'espère.
Et Paul accourant au galop :
« Et moi, grand-père, j'en veux... trop!
Un peu, beaucoup et trop, les trois parts demandées
Sur le champ furent accordées.
Mais bientôt après son régal
Le petit Paul criait : « Oh! j'ai mal, oh! j'ai mal. »
Et toute la journée il fut mélancolique,
Et l'on disait tout bas qu'il avait la colique.

La Soupe.

A la soupe toujours, Paul, c'était son défaut,
Faisait mille façons. C'était froid ou bien chaud;
On avait trop rempli l'assiette;
On avait mal mis sa serviette;
Il avait mal au pied, à la gorge, à la tête;
Il était trop bas ou trop haut;
Il n'était pas bien sur sa chaise;
Enfin la soupe était mauvaise,

Et d'ailleurs il n'avait pas faim :
Petit Paul n'aimait pas la soupe, c'est certain.
« Si vous voulez grandir, lui dit un jour sa bonne,
Il faut aimer, Monsieur, tout ce que l'on vous donne.
— Eh bien! je le promets, ma bonne, tu verras...
Mais ne me donne plus ce que je n'aime pas!

Le Cellier.

Un autre jour, — c'était dans l'arrière-saison,
Paul étant par hasard tout seul à la maison,
Se dit : « Je m'en vais faire une bonne ripaille. »
Et le voilà sans bruit qui descend l'escalier,
Et va comme un voleur dans le petit cellier
Où l'on faisait sécher des pommes sur la paille.
Il en mange une et deux et trois, et puis enfin :
Allons, dit-il, je n'ai plus faim;
Avant que l'on ne rentre il est temps que je sorte. »
Hélas! un coup de vent avait fermé la porte!
Pas de clef au dedans : Paul était enfermé;
C'était ce qu'on appelle un châtiment pommé!
« Maman! papa! ma bonne! » il crie, appelle, pleure
Mais tout le monde était sorti.
En vain ses cris ont retenti,
Il resta prisonnier, et pendant plus d'une heure,
Dans le cellier devenu son cachot.
Il grelottait de peur, il avait froid et chaud,
Et les entrailles ravagées
Des pommes qu'il avait mangées;
Et la nuit descendait et Paul ne voyait plus!
Il bat la porte, il crie encor : cris superflus!
Enfin, comme toujours, à cette voix plaintive,
La mère arrive!
Elle ouvre à son petit voleur,
Et lui dit : « Monsieur l'avaleur,
Vous avez le fruit de vos pommes.
N'oubliez pas cette leçon!

La gourmandise mène au vol les petits hommes,
Et le vol mène à la prison. »

Les Pilules.

Eh bien! Paul n'était pas encore corrigé;
C'était un gourmand enragé.
Avec précaution il vit un jour sa mère
Puiser dans une boîte, et d'un air de mystère
Au fond de son armoire avec soin la glisser.
Petit Paul se mit à penser :
C'est bien étrange!
Je voudrais bien savoir ce que ma mère mange. »
Et sa mère sortie, il se dit: « Je vais voir. »
Il ouvre aussitôt le tiroir,
Puis la boîte. « Oh! oh! oh! les ravissantes bulles!
C'est comme de l'argent : quels bonbons sont-ce là? »
Il en prit deux qu'il avala :
Malheureux! c'étaient des pilules!
L'aventure le corrigea.
Il sentit qu'ici-bas tout n'est pas friandise,
La pilule qui le purgea
Le purgea de la gourmandise.

Louis Ratisbonne.

45. — Les Enfants au bois.

Trois enfants au babil mutin,
S'en allaient un jour à l'école,
On était au printemps, on était au matin.
Des boutons d'or l'opulente corolle
S'épanouissait dans le thym.
Nos écoliers, à tête folle,
Couraient, se tenant par la main,
Riant au papillon qui vole,
Riant aux arbres du chemin.
Tout à coup l'un des trois s'arrête :
Teint lumineux et blonde tête,

Vrai visage de chérubin.
Un rayon de soleil lui tombait sur la joue :
« Autour de nous tout rit et joue ;
Si nous jouions ! dit le bambin.
Voyez ! les animaux ne font rien,.. Pas de classe
Pour eux ! pas de *pensums*, de férule à genoux...
Prions chaque animal qui passe
De venir jouer avec nous ! »
Sitôt dit, sitôt fait. Les voilà tous en quête,
Interrogeant les bois touffus,
Suppliant les oiseaux de partager leur fête :
Mais, ô surprise ; chaque bête
Les accueillit par un refus.
« Moi je n'ai pas le temps, répondit la fauvette,
Je couve, et mes petits de chaleur ont besoin !
Veuillez me laisser seule, allez jouer plus loin.
Moi je n'ai pas le temps, répondit l'alouette,
Je pars ! Il faut que demain sur la tour,
J'annonce le lever du jour. »
Un peu déconcertés, et ne comprenant guère
Ce que voulait dire l'oiseau,
Nos enfants vont plus loin. Ils trouvent un ruisseau,
Une ferme. — Un beau coq poussait son cri de guerre,
En se pavanant près de l'eau.
« Vous, Monsieur, votre vie est bien inoccupée ;
Pour partager nos jeux, quittez votre fumier ! »
— « Saint-George ! dit le coq redressant son cimier,
De quel air ces gens-là parlent aux gens d'épée !
Rien à faire ? et le guet ? et la police ? et puis
Les assauts et les escarmouches ?
Par le bruit que je fais, jugez ce que je puis !
Foi de gentilhomme ! Je suis
Autre chose, Messieurs, qu'un attrapeur de mouches. »
Ce mot fut entendu d'un voisin, un pinson.
Qui s'escrimait du bec aux branches d'un buisson :
Il trouva le terme un peu leste.
« Sac à papier ! fit-il, croyez-vous que je reste

Les bras croisés? Je chasse en chantant ma chanson ;
J'égaie et je nourris mes petits, ma femelle :
Les mouches sont pour eux, la chanson est pour elle.
Vous me traitez d'une étrange façon ! »
Confus de la réponse et de la répartie,
En voyant ses projets échoués en partie,
Le trio s'éloigna, côtoyant le ruisseau...
Les fourmis rassemblaient les pailles en faisceau ;
Des essaims bourdonnants d'abeilles
Allaient pomper le miel au sein des fleurs vermeilles ;
La fraise du sentier se hâtait de mûrir,
Et le blé de pousser et le flot de courir...
Du travail à leurs yeux tout retraçait l'image.
« Mais quoi ! ne pas jouer! ce serait bien dommage! »
Dirent-ils ; — et voilà qu'au levraut qui passait
Ils présentèrent leur placet.
« Merci de votre politesse,
Dit le quadupède trottant,
Mais Dieu pour m'en servir m'a donné la vitesse ;
Je ne puis avec vous rester un seul instant ;
Mon museau n'est pas propre, il faut que je le lave. »
Il s'échappe en disant ces mots,
Non sans avoir, de son air le plus grave,
Pris congé de nos trois marmots.

Les enfants refusés par tous les animaux,
Depuis le coq au cri superbe,
Jusqu'au lourd hanneton construisant un pont d'herbe,
S'adressèrent enfin au ruisseau murmurant,
Qui, tantôt comme un lac, tantôt comme un torrent,
Abreuvant de ses eaux la terre desséchée,
Obéissait aux lois de sa pente cachée.

« Ne fuyez pas si vite ! arrêtez-vous un peu !
Dirent-ils au ruisseau... Soyez de notre jeu !...
—Non, non, dit le ruisseau, qui blanchissait d'écumes,
N'entendez-vous donc pas retentir les enclumes ?

La meule de moulin au monotone bruit
Compte sur moi... Je vais, je marche jour et nuit !
M'arrêter ! Et qui donc féconderait la plaine ?
Qui broirait le froment ? qui laverait la laine ?
Qui ferait manœuvrer tous ces mille marteaux ?
Qui, si je m'arrêtais, porterait les bateaux ?
Arrière, paresseux ! »
Poursuivant sa carrière,
Le ruisseau murmura ces mots : « Arriére! arrière! »
Et s'éloigna. — Ceci compléta la leçon.
Nos trois enfants, traités de si rude façon,
Reconnurent que Dieu n'a rien fait de frivole ;
Profitant de l'avis du coq et du pinson,
Ils retournèrent à l'école.

CORDELIER DELANOUE.

TABLE

PREMIÈRE PARTIE

DEUXIÈME PARTIE

Imprimerie X. JEVAIN, rue Sala, 42 et 44, Lyon.

1879. — 4e ANNÉE.

L'ÉCOLE ET LA FAMILLE

JOURNAL

D'ÉDUCATION, D'INSTRUCTION ET DE RÉCRÉATION

PARAISSANT LE 1er ET LE 15 DE CHAQUE MOIS

E. ROBERT, Directeur.

PRIX DE L'ABONNEMENT :

4 fr. par an; avec supplément, **5** fr. (1)
Etranger, **6** fr.; avec supplément, **7** fr.

Les trois années précédentes, **4** fr. chacune.

Les abonnements partent du 1er janvier et ne se prennent pas pour moins d'une année. Ceux qui s'abonnent dans le courant de l'année reçoivent tous les numéros parus depuis le 1er janvier. Toute demande d'abonnement doit être accompagnée d'un mandat-poste à l'ordre de M. Robert, à Vourles, près Lyon (Rhône).

(1) Ce *supplément* ne paraît que depuis le 1er janvier 1879; 96 pages ont déjà paru cette année. Elles ont été réunies en brochure; prix, 1 fr. 50 *franco*.

www.ingramcontent.com/pod-product-compliance
Ingram Content Group UK Ltd.
Pitfield, Milton Keynes, MK11 3LW, UK
UKHW020402230726
13925UKWH00003B/1224